스물여섯 개의
돌로 남은 미래

스물여섯 개의
돌로 남은 미래

박초이 소설

교유서가

차례

스물여섯 개의 돌로 남은 미래

장례식장은 작았지만 아늑했다. 구는 검은 정장을 입고 나를 맞이했다. 구의 옆에는 어디선가 본 듯한 여자가 서 있었다. 너무 낯이 익어서 내 친구이거나 직장 동료이거나 일로 만난 사이는 아닐까 싶을 정도였다. 하지만 기억 속을 헤집어봐도 기억나지 않았다.

샐쭉한 얼굴로 여자가 긴 머리카락을 넘겼다. 손톱 위에는 갖가지 화려한 장식이 수놓아져 있었다. 아, 저 손톱, 구의 SNS에서 봤던 손톱이었다. 어떤 일을 하길래 저토록 화려한 손톱을 가지고 있을까, 궁금했다. 래퍼나 댄서, 혹은 인플루언서. 어쩌면 지금 사귀고 있는 여자친구일지도 몰랐다.

구가 머리를 긁적이며 말했다.

"장례식에 와줘서 고마워. 미래를 보내면서, 미래를 기억하는 사람들과 함께하고 싶었어. 문득 네가 생각났어. 와주리라고는 생각하지 못했는데."

불현듯 의구심이 들었다. 구가 초대한 손님이 과연 나와 저 여자뿐일까. 미래는 구의 고양이었다. 어쩌면 구는 미래를 돌봐줬던 모든 사람들에게 초대장을 돌렸는지도 모른다. 다섯 명쯤 될까? 혹은 여섯 명. 구는 열차기관사였다. 장거리 화물 열차를 운행하는 날에는 며칠씩 집을 비우기도 했다. 그로 인해 그는 미래를 돌봐주는 사람이 늘 필요했다.

구가 미래를 만난 날도 장거리 화물 열차를 운행하는 날이었다. 그는 운전실에서 아홉 시간 동안 머무르며 식사와 화장실 문제를 해결했다. 간이변기를 펼쳐놓고 볼일을 보기도 했다. 그는 자신의 삶이 이동하는 변기 속에 있는 것 같아 쓸쓸했다. 그랬음에도 그는 집보다 열차가 편했다. 그에게 집이란 그저 멈춰 있는 장소일 뿐이었다. 풍경이 변하고, 계절이 바뀌고, 옷차림이 바뀌어도 그의 집은 운전실이었고, 그는 그 어느 곳보다도 운전실이 편했다. 어느새 그는 아무 곳에서나 잠을 자고 밥을 먹고 볼일을 볼 수 있는 체질로 바뀌어 있었다. 그런 그에게 미래는 행운이자 변수였다.

구는 정차역에서 화장실에 가기 위해 뜀박질을 했다. 볼일을 보고 나오는데 화장실 앞에 아기 고양이가 있었다. 머리를 한 번 쓰다듬어주었을 뿐인데 고양이가 그의 몸을 타고 올라왔다. 시간이 촉박한 그는 다시 뜀박질을 시작했고, 한참이 지나서야 아기 고양이가 생각났다. 신기한 것은 고양이가 그의 어깨 위에 그대로 있었다는 사실이다. 그는 집으로 데려와 미래라고 이름을 지어주었다.

집을 비울 때마다 그는 내게 말했다.

"우리집에 와서 미래를 돌봐줄래? 장소가 바뀌면 스트레스 받거든. 그러니까 어디 데려가지 말고 네가 꼭 와야 해."

미래는 늘 구의 몸 어딘가에 붙어 있었다. 어깨나 머리 위, 혹은 다리 사이. 구가 엎드려 있을 때면 미래는 구의 허리나 다리를 꾹꾹 눌러주었다. "아 시원해." 구가 말하면 야옹, 미래가 대답했다. 행복에 겨운 듯한 표정과 목소리, 두 개의 몸이 하나의 형체로 포개어지는 듯한 모습. 그 둘을 볼 때마다 나는 종종 회의감에 빠졌다. 나는 소외당하는 것 같았고, 내 존재가 하찮게 느껴졌다. 헤어질 결심을 하기도 했다. 하지만 고작 고양이 때문에 내 존재를 의심하는 내가 싫었다. 그래봐야 고양이고, 그래봐야 짐승이고, 그래봐야 갇혀 있는데. 나는 길고양이를 돌봐주는 마음으로 미래를 돌봐줘야겠다고 생각했다. 그 무엇도 바라지 않고, 그 무엇도 요구하지 않고, 그저 불편하지 않도록 만들어주는 것. 그후로 나는 미래와 조금씩 가까워졌다. 미래는 경계를 풀기 시작했고, 가끔은 내 옆으로 오기도 했다. 언젠가 구는 자신이 여자친구와 헤어지자마자 새로운 여자친구를 만나는 것은 오로지 미래 때문이라고 했다.

"그러니까 나는 보모인 거네."

"무슨 말을, 너는 가장 믿을 수 있는 사람이라는 거지. 내 모든 것을 맡길 만큼."

그때 나는 환하게 웃었을까, 묵묵히 기뻐했을까. 아마도 나는 그의 말에 고마워했을 것이다. 믿음이라는 말은 내 몸과 마음을 묶는 매듭과도 같았다. 난 누군가 나를 믿어주면, 그 믿음을 증명해주기 위해 노력했다.

나는 곰곰이 생각에 잠겼다. 구에게 있어 모든 것은 무엇이었을까. 집 현관 비밀번호, 자동차 열쇠, 미래였을까. 나도 포함됐을까. 나는 그의 삶에 잠시 들어와 그의 모든 것이 무질서하지 않도록 관리하는 사람이었을까.

사람이 사람에게 무엇이 될 수 있다는 것이 얼마나 오만한 생각인지, 나는 잘 알고 있었다. 구를 만나기 전 내 모든 것을 주어도 아깝지 않다고 믿었던 사람이 있었다. 그를 생각하면 일이 힘들어도 견딜 수 있었고, 친구가 없어도 외롭지 않았다. 그는 내게 종교와도 같았다. 나는 그의 말을 통해서만 행동했다. 친구들과 멀어진 것도, 가족들과 연락이 뜸해지게 된 것도 그의 말 때문이었다.

어느 날 그는 내 전세금과 돈을 가지고 완벽하게 내 인생에서 증발했다. 결혼을 한 달 앞둔 시점이었다. 신혼집에는 살림살이가 채워지고 있었다. 나는 그의 증발을 믿을 수 없었다. 무슨 사정이 있을 거야, 곧 연락할 거야. 잠을 자다가도 핸드폰 소리에 놀라 벌떡 일어났고, 문자메시지를 확인하며 그의 부재가 기우이길 바랐다. 한편으로 나는 그가 사고를 당해 기억을 잃어버렸을지도 모른다고 생각했다. 드라마에서 흔히 일어나는 일이 내게도 일어난 것이라 믿었다. 그래야 살 것 같았다.

그가 사라짐과 동시에 내 이십대가 사라졌다. 청춘을 바쳐 모은 돈이 사라졌으며 사람에 대한 신뢰와 믿음, 따뜻한 마음마저 사라졌다. 나는 한순간에 모든 것을 잃어버렸다. 나중에는 그를 잃어버려서 화가 난 것인지, 그가 내 젊음과 시간을 도둑질해서 화가 난 것인지 알 수 없었다. 중요한 것은 더는 기억할 것이 남아 있지 않다는 사실이었다. 과거와 더불어 나는 미래까지 송두리째 도난당한 기분이었다.

나는 그 누구에게도 무엇이 되고 싶지 않았다. 그럼에도 그 어느 때보다 열렬하게 믿음과 신뢰를 회복하고 싶었다. 그래서였을까. 구가 믿음이니, 신뢰니 하는 말을 하면 마음이 조금씩 환해졌다. 어쩌면 나는 그 말 자체를 사랑했던 것이 아니었을까.

장례지도사가 염습이 끝났다면서 추모 공간으로 안내했다. 추모 공간은 아늑한 거실처럼 꾸며져 있었다. 한쪽 벽에 설치된 벽난로에서는 LED불꽃이 이글거렸고, 벽에는 달마티안과 페르시안 고양이 그림이 걸려 있었다. 나는 소파에 몸을 눕혔다. 불꽃을 보고 있자니 미래와의 좋은 기억을 억지로라도 꺼내야 될 것 같았다. 구의 여자친구가 말했다.

"언니 이야기 많이 들었어요."

나는 그녀를 마주보았다. 그녀는 초록빛 렌즈를 꼈는지 눈빛이 녹색이었고 왼쪽 손목에는 고양이 문신이 새겨져 있었다. 그녀가 자신의 문신을 내려다보면서 말했다.

"미래예요. 기억하려고 몸에 새겼어요."

"그만큼 아꼈나봐요?"

"글쎄요, 잘 모르겠어요. 가끔 오빠가 출장 갈 때 밥 주러 갔거든요. 나를 좋아하는 것 같기도 했고, 싫어하는 것 같기도 했어요. 그냥 이 문신은 오빠가 미래를 좋아하니까 오빠에게 보여주려고 한 거예요. 일종의 성의 표시죠. 이 문신이 있는 한 오빠와 헤어지지 않을 것 같았어요."

그녀는 문신이 사랑의 증표라는 되는 양 뿌듯한 얼굴로 말했다. 구가 어깨를 으쓱하며 자리에서 일어섰다. 그녀가 말했다.

"언니, 언니는 사람 만나는 걸 싫어한다면서요. 오빠가 그랬어요. 피해망상증이 있는 것 같다구요. 하지만 미래와는 사이가 좋았다구요. 그래서 꼭 연락을 해야 한다고 했어요. 저는 언니가 오는 것이 싫었지만 미래와의 마지막 인사니까, 괜찮을 거라고 말했어요."

나는 그녀를 물끄러미 내려다보았다. 그녀의 말은 종잡을 수 없었고 제멋대로였다. 뭐라고 대꾸하고 싶었지만 딱히 대꾸할 말도 생각나지 않았다. 피해망상증이라는 단어만 머릿속을 맴돌 뿐이었다. 여자가 말했다.

"언니, 오늘은 쉬는 날인가봐요?"

나는 그녀가 언니, 라고 말하는 것이 거슬렸다. 내가 말했다.

"혹시, 나이가?"

"저요, 언니보다 여섯 살 어려요. 오빠가 말해줬거든요. 역 매표소에서 일한다면서요. 미래가 걱정돼서 부탁했을 뿐인데 언니가 잘 돌봐줬다고 말했어요."

그녀의 입에서 나오는 이야기는 낯설고 불길했다. 구와 만날 때 우리는 다른 사람 이야기를 하지 않았다. 중요한 건 미래였고 함께하는 시간이었다. 도대체 구는 어떤 사람일까. 헤어진 사람 이야기를 함부로 말하지 않을 만큼 예의를 갖춘 사람이라고 여겼는데, 그게 아닐지도 몰랐다. 그는 상대에 따라 행동이 달라지는 사람일까. 몇 개의 가면을 서로 바꾸어가며 사용하는.

나는 자리에서 일어났다. 걸음을 옮겼다. 이래서 오기 싫었는데, 나는 사람들이 내 이야기를 하는 것이 불편했다. 그래서 사람들 눈에 띄지 않기 위해 노력했고, 친구들 경조사에도 가지 않았다. 부득이하게 참석해야 할 때는 한쪽 구석에 조용히 서 있다가 돌아오고는 했다. 살아가야 했으니까. 관계없이 살아가는 삶은 과거뿐 아니라 현재와 미래까지 삼켜버리니까. 그림자 같은 삶이더라도 살아가고 싶었다. 그래서 가끔 장례식에 가서 혼자 울고 오고는 했다.

얼마 전에도 장례식에 다녀왔다. 아는 동생의 부고였다. 그곳에 내가 아는 사람은 없었다. 아는 동생의 부모님도 나는 몰랐고, 동생의 동생도 몰랐으며 친구들도 몰랐다. 그곳에 아는 사람이라고는 아는 동생밖에 없었다. 동생의 엄마가 내게 다가와서 어떻게 아는 사이냐고 물었다. "아는 동생이에요"라고 말하는데 슬픔이 복받쳤다. 동생의 엄마가 가여워서, 삶이 너무 헛

돼서 눈물이 나왔다. 한참을 울고 나니 더이상 슬프지 않았다. 그 공간이 친밀하게 여겨졌다. 동생의 엄마 손을 잡았을 뿐인데 뭔가가 연결된 것 같았다.

밥을 먹고 육개장을 먹으면서, 이제 아는 동생을 더이상 볼 수 없다고 생각하자 기분이 이상했다. 아는 동생과는 가끔, 아주 가끔, 일이 있을 때만 연락하는 사이였다. 그는 열차관광을 전문으로 하는 여행사 직원이었고, 가끔 열차표 때문에 내게 연락했다. 일로 알게 된 사이. 그렇다고 대화를 많이 한 것도, 개인적인 친분을 쌓은 것도 아니었다. 사실, 나는 왜 내가 그곳에 갔는지도 이해하지 못했다. 다른 사람의 부고였다면 가지 않았을 것이다. 일로 알게 된 모든 사람의 장례식장에 갈 수는 없으니까.

많이 먹었느냐는 동생의 엄마 목소리를 듣고 나서야, 어쩌면 나는 사람과의 정겨운 대화에 굶주려 있었다는 생각이 들었다. 눈물을 오랫동안 참고 있었다는 생각이 들었다. 나의 전부였던 그가 내게 남긴 것은 단기 월세로 빌린 집뿐이었다. 집에서 나가라는 통지를 받고 나서야 그 사실을 알게 됐다. 나는 살림살이를 팔아 돈을 마련했고, 단칸방을 구했다. 살아가야 할 일이 막막해서 울 수조차 없었다. 나는 그저 생명을 유지하고 있었다.

그날 나는 아주 오랜만에 맘껏 울었다. 아주 오랜만에 포만감을 느꼈다. 고여 있던 슬픔이 빠져나가는 듯했고, 채워지지 않았던 허기가 채워지는 듯했다. 슬픔의 이유를 묻지 않는 그 공간이 더없이 안락했다.

나는 걸음을 멈추었다. 커다란 페르시안 고양이 사진이 복도에 걸려 있었다. 긴 털을 휘날리며 나른한 표정을 짓고 있는 고양이. 기분이 묘했다. 미래를 보고 있는 듯했다. 심상한 표정으로 나를 몰래 지켜보고 있던 미래. 나는 팔을 뻗어 미래를 안았다. 새침하게 걸어가다가 내가 안아주면 미래는 내 품에 쏙 들어왔다. 선심 쓴다는 듯 눈을 끔벅거리며. 그저 미래는 내 품에 안겨 있었을 뿐인데, 나는 위로를 받았다. 생명이 주는 따스함이 내 몸 곳곳으로 스며들었다. 아주 오랫동안 나는 미래가 주는 온기와 평화를 그리워했다.

"화장하는데 참관하러 갈래?"

돌아보니 구였다. 나는 구를 따라 걸음을 옮겼다. 구가 말했다.

"지안이 말, 곧이곧대로 믿지 마. 그애는 뭐든 상상하는 걸 좋아해. 내가 한마디를 하면 열 가지를 상상하거든."

과연 그럴까. 그녀가 내게 한 말은 모두 사실이었다. 피해망상증이라는 지극히 개인적인 진단만 빼면 모두 나에게 일어났던 일, 내가 했던 말들이었다. 나는 구를 믿어야 할지, 그녀를 믿어야 할지 알 수 없었다. 구가 말했다.

"지안이는 미래보다는 내게 관심이 많아. 내가 뭘 먹었는지, 어떤 사람을 만났는지, 내가 만난 사람들은 어떤 삶을 살았는지, 그래서 피곤해. 저애와 함께 있으면 과거 속을 헤매고 있는 것 같거든. 뭔가 암담한 느낌이야."

나는 구를 미워할 수 없었다. 그의 마음을, 그의 기분을 알 것 같았다. 나도 그랬다. 내 방에만 들어가면 모든 시간이 멈춰버린 것 같았다. 자꾸만 내가 어떤 사람인지 생각하게 되고, 그런데도 답을 찾을 수 없고, 과거와 더불어 미래까지 사라져버린 듯한 느낌. 앞으로도 똑같은 삶을 무한 반복할 것 같은 암담함. 구가 말했다.

"내게 있어 현재는 너야, 지안이는 과거 같거든. 아무튼 지금은 모든 것을 잃어버린 것 같아."

나도 모르게 고개를 끄덕거렸다. 구의 말이 생각났다. 구는 미래를 안고 있을 때 가장 행복하다고 말했다. 편안함과 속상함, 기쁨 같은 감정도 모두 미래를 통해 느낀다고 했다. 구를 보면 사람이 사람에게 가질 수 있는 안락함보다 사람이 반려묘에게 가질 수 있는 안락함이 훨씬 더 숭고한 것 같았다.

화장터에 도착했다. 미래는 금세 목욕을 하고 빗질을 한 후 잠에 빠져 있는 듯한 모습이었다. 하얗고 수북한 털들 사이로 꼭 감고 있는 눈이 보였다. 기다란 속눈썹도. 저 속눈썹을 들어올리면 녀석이 깨어날지도 몰랐다. 평소에는 얌전한 녀석이 눈썹을 만질 때마다 으르렁거렸다. 눈곱을 떼어주려는 것뿐인데 손을 물기도 했다. 나는 슬금슬금 손을 뻗다가 멈추었다. 구의 손이 이미 유리벽 앞에 있었다. 벽 앞에서 어쩔 줄 모르는 구를 보자 비로소 미래의 죽음이 실감났다.

미래는 왜 죽었을까. 이제 겨우 여섯 살 난 고양이었다. 질병으로 죽기에 아직 어렸고, 사고사로 죽기에 구의 집은 너무나도 안락했다. 마치 그의 집은 미래의 놀이터 같았으니까. 외출이라면 질색인 구가 미래를 데리고 외출하지도 않았을 것이다. 나는 구에게 물어보려다 그의 표정이 너무나 비장해서 입을 다물었다.

문득 영화 〈킹스맨〉이 떠올랐다. 영화에서 콜린 퍼스는 자신이 사랑한 개를 잊지 못해 박제해놓았다. 옛 모습 그대로 곁에 두고 싶은 욕심 때문이었을 것이다. 지금 이 순간 콜린 퍼스의 마음을 알 것 같았다. 재로 변한 모습보다 박제된 모습이 훨씬 견디기 수월했을 것이다. 나는 박제된 미래를 상상했다. 가슴이 저렸다. 생명력이 없어서 가슴 아팠고, 미래가 보이지 않아 암담했으며, 그렇게 해서라도 살아가고자 하는 현실이 가여웠다. 누군가를 보내야 한다는 것은 대안이 없는 일인지도 몰랐다.

나는 고개를 돌렸다. 이제 곧 불꽃이 타오를 테고 미래는 재로 변할 것이다.

"화장 끝나면 알려줘."

구에게 말한 뒤 나는 밖으로 나갔다.

나는 나무 아래 벤치에 앉았다. 가을이었다. 하늘은 맑았고 나뭇가지 사이로 비치는 햇살도 따스했다. 이별하기에 좋지 않은 날이었다. 이런 날은 여행을 가거나 캠핑을 하면 좋을 텐데. 새로운 사람과 만나기에도 좋은 날이다.

"언니, 한참을 찾았잖아요."

돌아보니 고양이 문신을 한 지안이었다. 그녀가 내 옆에 앉았다.

"오빠와 화장터에 있을 줄 알았는데 없더라구요. 저는 무서워서 도망쳤어요. 미래가 화형당하는 것 같았거든요. 오빠는 꼼짝 않고 미래가 타들어가는 것을 보고 있더군요. 어떻게 그럴 수 있죠?"

"마지막 순간까지 지켜보고 싶었겠지. 늘 미래가 구를 지켜봤으니까."

"아, 그랬죠. 엘리베이터 문이 닫힐 때까지 꼼짝 않고 서 있었으니까. 아쉬움이 가득한 눈빛으로. 미래는 오빠 외에는 관심이 없었어요. 그래서 힘들었어요. 나를 쳐다봐주지 않았으니까. 캐트닙 사탕으로 유혹하면 겨우 다가왔거든요."

나도 미래와 가까워지기 위해 갖은 수단을 썼다. 건조 캐트닙 가루를 바닥에 뿌려놓기도 했고, 내 몸에 고양이 페로몬 향수를 뿌리기도 했다. 캐트닙 가루는 효

과가 좋았지만 페로몬 향수는 몇 분이면 효과가 사라졌다. 그 이후로 나는 캐트닙 가루만 사용했다. 미래는 나를 지켜보다가 슬금슬금 다가와 캐트닙 가루를 핥아먹었다.

지안의 말이 이어졌다.

"오빠가 미래 주라면서 캐트닙 사탕을 엄청 많이 사놓았거든요. 갈 때마다 줬어요. 미래가 그것을 먹기 위해 갖은 애를 쓰는 모습이 사랑스러웠거든요."

캐트닙 사탕은 캐트닙 가루로 만들었지만 구가 질색했다. 사탕에 먼지나 이물질이 달라붙어 지저분했고, 막대가 위험했기 때문에 절대 주지 말라고 신신당부했다. 구가 사탕을 사놓았다는 사실이 믿어지지 않았다. 하지만 미래가 좋아하니까 마음이 변했을지도 모른다. 위험이란 늘 주시하지 않아서 생기는 법이니까. 구라면 사탕을 먹는 미래의 모습을 끝까지 주시했을 것이다. 미래가 양쪽 발에 사탕을 끼고 핥아먹는 모습이 그려졌다. 사탕이 바닥을 돌돌 굴러가면 그것을 잡기 위해 쫓아가는 모습도. 그녀가 나를 쳐다보았다.

"언니는 오빠와 결혼하고 싶지 않았어요?"

"아니, 하고 싶지 않았어. 사람들 앞에서 맹세하는

게 무서웠거든."

"아, 파혼한 적이 있었지요. 요즘 뭐, 파혼하는 사
람들이 한둘인가요. 그런 게 무서우면 어떡해요. 저는
요. 제 꿈이 뭔 줄 아세요? 결혼해서 살림하는 거. 저
는 일 안 하고 놀고 싶어요. 남편이 벌어다주는 돈을 쓰
면서."

나는 그녀의 손을 내려다보았다. 가짜 보석으로 장
식한 손톱은 살림할 사람의 손으로 보이지 않았다.

"무슨 일 해요?"

내 물음에 그녀가 말했다.

"애견숍과 호텔을 같이 해요. 오빠는 단골손님이었
어요. 늘 무엇인가를 샀는데, 저는 그게 이상했어요.
요즘 사람들은 대부분 인터넷으로 주문하거든요. 저희
숍도 인터넷으로 판매하는 것이 훨씬 많아요. 매일 주
문 확인하고, 문의사항 답변하고, 포장하고, 택배 보내
고. 호텔에 온 강아지와 고양이 돌보고. 그게 일이었어
요."

"동물들을 좋아하나봐?"

그녀는 애매한 표정을 지었다.

"일이니까. 일이라는 게 그렇잖아요. 하다보면 좋아

하는지도 잘 모르겠고. 그만두려 했는데 그 무렵 오빠를 만났어요. 오빠가 집 비밀번호를 알려주면서 하루 두 시간씩 미래를 돌봐줄 수 있냐구 묻더군요. 돈은 넉넉히 주겠다고 말하면서요. 저는 숍에만 있는 것이 따분해서 특별히 봐주겠다고 했어요. 오빠 집에 자꾸 가다보니 그 집이 내 집처럼 편안했어요. 잠도 잘 왔고, 먹을 것도 넉넉했고. 저도 그런 집에 살고 싶었거든요. 야외 테라스가 있는 복층 오피스텔."

"열심히 일해서 이사 가면 되잖아."

"에이, 어느 세월에요. 숍에서 일하는 것도 사실 너무 지겨운데 엄마 때문에 어쩔 수 없이 출근하고 있어요. 사장님이 엄마 친구거든요."

하기야 애견숍과 호텔, 애견카페에서 일한다고 해서 모두 동물애호가는 아닐 것이다. 아이들을 좋아한다고 해서 유치원 선생님이 되는 것은 아니니까. 나도 그랬다. 기차를 타고 여행 가고 싶어서 매표소 직원이 됐다. 어딘가로 떠나는 사람들에게 목적지를 팔 수 있으니까. 목적지가 있다는 것 자체로 삶이 그리 공허하지는 않을 테니까. 나는 삶의 목적지를 가지고 싶었고, 언제든 떠날 수 있는 삶을 살고 싶었다. 파혼하고 나서야 내 삶의 목적지는 내 것이 아니라 그의 것임을 알게 되었다. 나는 그를 통해서만 세상을 그렸던 것임을. 지안의 말이 들렸다.

"미래를 부르며 집안으로 들어서는 오빠 얼굴이 너무 행복해 보여서, 너무 다정해 보여서, 결혼하고 싶었던 거예요. 미래의 자리에 제가 들어가면 완벽한 가정이 되겠구나 생각했어요."

지안의 얼굴에 미소가 감돌았다. 아마도 구와 함께할 미래를 상상하는 듯했다. 나도 누군가와 함께할 미래를 그려보았지만 그 어떤 미래도 그려지지 않았다. 파혼한 이후로 늘 그랬다. 구와 만났을 때도 그랬다. 나는 그저 내 삶에 미미하게 찾아온 변화를 약간은 두려워하며, 약간은 기대하며 흥분 속에서 맞이하고 있었다. 그전에 나의 하루는 늘 정물처럼 움직임이 없었다. 매표소에 앉아 표를 판매하고, 퇴근길에는 공원을 서성이는 길고양이들에게 먹이를 주는 일. 나는 평범한 일상이 그 어떤 변화 없이 지속되기를 바랐다. 지속된다는 것은 그 어떤 불행도 다가올 틈이 없음을 의미하니까.

구는 내 평범한 일상 속으로 조용히 스며들었다. 내

삶에 들어왔다는 인식조차 할 수 없을 정도였다. 공원에서 고양이들에게 먹이를 주고 있는데 구가 내게 말을 걸었다. "가끔 봤는데, 볼 때마다 사료를 주더군요. 함께 줄래요?" 그는 내가 들고 있던 사료를 받아들고 플라스틱통에 담기 시작했다. 그날 하루로 끝날 줄 알았는데 찾아오는 횟수가 점점 많아졌다. 사료를 사오기도 했고 간식을 사오기도 했다. 함께 나눠주면서 우리는 가까워졌다.

지안의 뒤쪽, 출입구에서 구가 다가오는 모습이 보였다. 구가 우리 앞에 섰다. 하얀 빛깔의 콩알만한 돌들을 보여주면서 말했다.

"메모리얼 스톤이야. 미래의 유골을 스톤 기계에 넣은 후 고온으로 녹였지. 모두 스물여섯 개야. 일단 두 개씩 줄게."

나는 스물여섯 개의 돌로 남은 미래를 내려다보았다. 미래와는 특별한 추억이 없는 줄 알았는데 꽤 많은 것을 공유한 것 같았다. 무언으로 느껴지는 친밀감, 함께 있다는 체온 같은 것. 언제부터인가 미래는 내가 혼잣말을 하면 내 말을 이해했다는 듯 야오옹, 대답했다. 책을 읽다 고개를 돌리면 책꽂이에 앉아 나른한 모습으로 나를 내려다보았다. 늘 그 모습 그대로 거기에 있었던 것처럼.

미래를 떠올리자 마음이 포근해졌다. 아마도 난 미래가 어딘가에 있다는 상상 하나로 미래와 대화하고, 미래와 눈을 마주치고, 미래와 미래를 이야기했는지도 몰랐다. 마음에 난 공허와 상처를 미래 때문에 조금씩 회복했는지도 몰랐다. 어쩌면 앞으로 나는 메모리얼 스톤을 보며 혼잣말을 이어나가고, 눈빛을 맞출지도 모르겠다. 구가 말했다.

"이건 목걸이야. 딱 세 개 만들었어. 하나씩 나눠 갖자. 우린 미래를 공유하는 거야."

나는 검은 줄 끝에 연결된 미래를 내려다보았다. 구의 말이 들려왔다.

"화장을 하다가 이상한 것을 발견했어. 캐트닙 사탕 같은 게 타오르는 거야. 왜 온전한 캐트닙 사탕이 미래의 몸안에 있었던 것일까? 나는 한 번도 캐트닙 사탕을 산 적이 없는데. 내가 잘못 본 것일까? 아니면."

그가 나와 지안을 번갈아 쳐다보았다. 내가 말했다.

"왜 죽은 거야? 병원에서는 뭐래?"

"나도 몰라. 아침에 일어나니 죽어 있었어. 병원에

갈까 하다가 가지 않았어. 죽은 아이를 살리지도 못할 텐데. 대신 멋지게 장례식을 치러줘야겠다 생각했지. 쓰레기봉투에 미래를 버릴 수는 없었으니까."

그 순간, 유튜브에서 봤던 사람들이 떠올랐다. 아직 잘 걷지도 못하는 아기 고양이 입술에 빨간 립스틱을 칠하고, 붉은 아이섀도로 눈썹을 그린 후 깔깔거리며 웃던 남자. 팬티 속에 아기 고양이를 집어넣고 고양이 코를 잡아당기던 남자, 쓰레기 더미 속에 고양이를 방치해놓았던 여자. 남자들은 고양이를 학대한 것이 아니라 장난친 것뿐이라고 말했다. 여자는 바빠서 청소를 하지 못했을 뿐이라고 했다. 나는 지안을 바라보았다.

"숍에서 일하는 건 어땠어?"

"똥 치우고, 배변 패드 치우고, 음식 넣어주고…… 매일 똑같은 일을 반복하다보니 저두 강아지가 된 것 같았어요. 아무리 향수를 뿌리고 손톱을 장식해도 제 몸에서 나는 동물 냄새는 없어지지 않더군요."

지안이 끔찍하다는 듯 말했다. 구가 지안의 어깨를 잡으며 "그동안 고생했어"라고 속삭였다. 그러고는 곧 나를 향해 말했다.

"여기까지 와줘서 고마워. 우리 밥이나 먹으러 갈까?"

망설이고 있는데 지안의 목소리가 들렸다.

"언니도 같이 갈 거예요? 다른 약속 없어요?"

나는 구의 차로 성큼성큼 걸어갔다. 버스를 타고 가야지, 길가에 서 있는 가로수가 제법 멋졌는데 그 가로수에 미래를 담아야지, 생각했다. 누군가를 담기에는 혼자 있는 게 훨씬 편하니까. 그럼에도 두 사람만 남겨놓고 싶지 않았다. 뭔지 모르지만 자꾸만 궁금증이 일었다. 구는 언제 돌아왔는지, 지안이 언제까지 미래와 함께 있었는지. 어쩌면 난 지안이 미래에게 주었을지도 모를 캐트닙 사탕에 대해 알고 싶었는지도 몰랐다.

구가 강이 보이는 야외테이블에 자리를 잡고 앉았다. 강 위에선 청둥오리들이 물장구를 치고 있었다. 평화로운 오후였다. 주변 사람들의 행동도 아주 느렸고, 여유로워 보였고, 오가는 대화도 없었다. 마치 지금까지와는 다른 시간의 흐름 속에 던져진 것 같았다. 우리는 말없이, 아주 느리게 파스타를 먹었다. 가끔 강 쪽으로 시선을 던지면서.

흐름을 깬 것은 지안이었다. 지안은 몹시도 궁금하다는 듯 말했다.

"오빠, 고양이 용품 어떡할 거예요? 또 입양할 거예요?"

"아직은 잘 모르겠어. 미래를 보냈다는 사실이 믿어지지 않거든. 좀더 생각해볼 거야."

나는 그들의 대화가 비현실적으로 들렸다. 마치 풍경화 속의 그림이 대화하는 것 같았다. 이곳에서는 생각과 행동이 모두 휴면상태에 들어가야 될 것 같아서, 나는 도무지 그들의 대화를 따라갈 수 없었다. 나는 지안을 쳐다보았다. 그녀가 말했다.

"결혼은요? 아이를 낳고 가정을 꾸리는 거예요. 고양이 대신 아내가 기다리는 삶을 계획해보는 거죠."

"당분간 여자를 만나고 싶지 않아. 미래가 없으니까."

지안의 얼굴이 묘하게 일그러졌다. 그녀는 고개를 숙이고 파스타를 포크에 돌돌 말아 입안으로 밀어넣었다. 무슨 말인가 할 듯 말 듯 망설이다 구를 쳐다보았다. 그러고는 당돌하게 말했다.

"오빠, 저랑 결혼할래요? 제 꿈이 집에 있는 거거든

요."

"집에 있으면 되잖아."

"저희 집 말고 오빠 집요."

구가 곤혹스럽다는 듯 말했다.

"좋게 끝내고 싶어. 그만하자."

"왜 그래요? 무섭게."

구가 말했다.

"우리집에 CCTV가 있거든. 거실에 달아놓았어. 미 래가 보고 싶을 때 보려구. 진즉에 끝냈어야 했는데. 사람이 없는 것보다 있는 게 낫다고 생각했거든. 때로 는 없는 게 나을 때도 있는데."

지안이 벌떡 일어나 구를 노려보았다.

"나쁜 자식. 나는 보모가 아니거든. 사랑을 원했을 뿐이야."

"그래서 네게 아무 말도 하지 않는 거야. 너를 믿은 내가 미워서 묻어두기로 한 거야."

지안이 몸을 부들부들 떨며 말했다.

"나도 몰랐어. 정말 몰랐다구. 늘 반복된 일이었고 사고가 난 적이 없었으니까. 그래, 그건 미래의 잘못이 야. 너무 성급한 탓이라고."

그녀는 울먹거리며 가방에서 메모리얼 스톤을 꺼냈다.

"이제 필요 없어."

그녀는 스톤을 식탁 위로 던졌다. 스톤은 식탁 모서리를 맞고 화분 위로 떨어졌다. 나는 스톤을 눈으로 쫓았지만 어떤 것이 미래인지 알 수 없었다. 미래는 돌들 속으로 완벽하게 사라졌다. 암담했다. 마치 내 미래가 사라져버린 것처럼.

그녀가 뒤돌아섰다. 또각또각 구두굽 소리를 내며 사라졌다. 그녀의 손톱 위에 박힌 큐빅이 햇살을 받아 반짝 빛났다. 구가 말했다.

"사실, 화장할 때 캐트닙 사탕 같은 것은 보지 못했어. 지안은 뭐랄까. 같이 있어주기만 했을 뿐 미래를 돌봐주지 않았어. 늘 캐트닙 사탕이나 간식거리를 던져놓고 낮잠을 자거나, 넷플릭스를 보거나 냉장고 안에 있는 음식을 먹어치웠지. 가끔은 미래가 사탕을 삼키고 힘들어하기도 했어. 내가 버리거나 치워놓아도 또 가지고 오고, 또 가지고 오고. 내 말을 듣지 않아서 화가 많이 났어. 그래서 거짓말한 거야. 다들 헤어질 때는 그러잖아."

그런가. 나는 구의 전화를 기다렸다. 왜 연락을 안 하는지 의문조차 갖지 않았다. 그저 기다렸다. 내게 사랑은 기다림이었으니까. 나는 다른 방법을 알지 못했다. 파혼한 남자친구에게 익숙해진 탓이었다. 구가 증발하지 않았으니까 우리 만남은 현재진행형이라 생각했다. 장례식 초대장을 받고 곧바로 달려온 것도 그 때문이었다.

　구는 어떤 사람일까. 미래에게 구는 더없이 좋은 사람이었을 텐데, 지안에게 그는 나쁜 사람이었다. 지안은 좋은 사람이 되고 싶어했지만 구의 당부를 듣지 않아서 나쁜 사람이 되었다. 지안은 아마 알고 있었을 것이다. 자신이 단지 미래를 돌보기 위한 구실이라는 것을. 구는 집사를 대하듯 여자친구를 대했으니까. 그럼에도 지안은 구의 마음을 가지고 싶었던 것일까.

　내게 구는 같이 있어도 불편하지 않은 사람, 미래와 더불어 대화할 수 있는 사람이었다. 그리고 어쩌면 나도 구실이 필요했다. 감정을 되찾고 싶었으니까. 사람의 손길이 필요했으니까. 미래를 통해 조금씩 안락함을 찾아갔지만 동시에 나는 구의 관심을 필요로 했다. 파혼한 남자친구의 집요한 관심을 나는 사랑이라고 착각했으니까.

조금씩 나는 지쳐가고 있었다. 구가 나를 봐주길 원하고 있었다. 구와 함께한 시간이 언제인지 까마득했고, 늘 내 곁에는 미래만 있었다. 구의 마음에 의문을 품기 시작할 무렵, 몸이 아팠다. 미래를 돌봐주러 가야 하는데 갈 수가 없었다. 머리가 복잡했고, 온몸이 뜨거웠으며 밤새 식은땀을 흘렸다. 나는 구에게 말하지 않았다. 아프다는 사실도, 미래를 돌봐주지 못한 사실도. 내가 말하지 않으면 그가 알지 못하리라 생각했다. 하지만 구는 더이상 내게 연락하지 않았다. 그날도 구는 모노드라마를 감상하듯 CCTV를 돌려봤는지도 모른다. 구가 변명하듯 말했다.

"미안해. 감시하려던 것은 아니었어. 너는 뭐랄까. 미래와 함께 있을 때의 너는 행복해 보였어. 본 적 없는 표정이었지. 자신을 저렇듯 솔직하게 내보일 수 있는 사람이구나, 느꼈어. 지안이도 마찬가지였지만. 무방비 상태에서 사람들은 다양한 모습을 보이는 것 같아. 안심하기 때문일까. 그래서 마음이 시키는 대로 하는 걸까."

구는 내 표정에서 다른 것도 봤을까. 미래와 일체감

을 느낄 때의 내 표정은 어땠을까? 내가 미래를 안았을 때 미래는 기뻐했을까? 웃었을까? 내 표정이 궁금했다. 본 적 없는 내 표정이. 그 표정에서 마음과 마음 사이에 흐르는 관계를 찾고 싶었다.

그동안 나는 그저 살았을 뿐이었다. 몸에 밴 친절과 습관으로 사람들을 상대했고, 먹고살기 위해 일을 했다. 내게도 사람의 표정이 있다는 것을 알지 못했다. 일할 때의 나는 기계에 불과했으니까, 그것은 학습에 의한 표정이었을 것이다. 내게 다른 무엇인가가 있었다면 그것은 미래 때문일 것이다.

갑자기 미래가 보고 싶었다. 구와 연락이 끊긴 이후 내내 그랬다. 가끔 혼잣말을 하다 돌아보면 나를 바라보는 미래가 있었고, 텔레비전을 보다 고개를 돌리면 몸을 말고 누워 있는 미래가 보였다. 미래는 어디에나 있었고, 어디서나 있었다. 어딘가에 있을 미래가 어디에도 있지 않다고 생각하자 좀 서글퍼졌다. 미래가 없는 미래가 상상이 되지 않았다. 오래전 약혼자를 잃어버렸던 그때로 돌아간 것 같았다. 더는 과거를 잃어버리고 싶지 않았다.

기억을 온전한 미래로 만들고 싶었다. 변화가 필요

했다. 집으로 가는 길에 반려묘 입양기관에 들러야겠다고 생각했다. 그곳에서 미래와 닮은, 똑같이 생긴 고양이를 입양할 것이다. 이름도 미래라고 지을 것이다. 그리고 아주 작은 간이역으로 갈 것이다. 완행열차밖에 서지 않는 곳, 인터넷이나 앱을 사용하지 못하는 노인들만 살고 있는 곳, 어쩌면 화장실 앞 계단에 아기 고양이가 살고 있을지도 모른다. 그 고양이가 내 몸을 타고 기어오르면 고양이에게 간이역을 내어줄 것이다. 간이역의 고양이들과 미래가 함께 어우러지는 모습이 그려졌다. 잃어버렸던 과거를 찾은 듯했고, 미래까지 내 것이 된 것 같았다.

갑자기 피식, 웃음이 나왔다. 무엇이 과거이고, 무엇이 미래인지 알 수 없었다. 둥근 원 안에 공간과 시간이 갇혀 있었다. 나는 둥근 원을 돌면서 내가 원하는 진실을 시간 속에 짜맞추고 있었다. 이제 과거를 다시 쓰고 싶었다. 내가 만들어갈 미래가 내 과거가 될 수 있도록.

사소한 사실들

나는 옥탑방을 낚아챘다.

*

　내가 옥탑방에 대해 알게 된 것은 아는 언니의 SNS
를 통해서였다. 언니는 자신의 계정에 '룸메이트를 구
합니다. 옥탑방, 세 사람이 같이 살아야 하며 보증금
없이 월세 20만 원입니다. 관심 있으신 분 연락주세요'
라고 올렸다. 이건 기회였다. 놓치고 싶지 않았다. 잠
만 자는 방으로 전단지가 나부끼는 하숙집의 쪽방도,

고시원의 침대방도 이보다 훨씬 비쌌다. 나는 선착순 예약 마감을 하려는 사람처럼 안달했다. 서둘러 연락했다. 아르바이트 가는 버스 안에서였다.

"같이 살고 싶어요. 사람은 구했어요?"

"연락 온 곳이 몇 군데 있기는 한데, 방 보러 올래?"

"아뇨. 지금 결정할게요."

망설일 필요가 없었다. 이만한 조건은 찾기 어려웠고 곧 겨울이 오고 있었다. 무엇보다 두꺼운 옷들을 보관할 장소가 필요했다. 오리털 파카는 가방 안에서 곰팡이를 피우는 중이었고, 세탁하지 못한 옷들은 비닐봉지 안에서 땀냄새를 풍기는 중이었다. 빨래방을 가야 하는데 가지 못한 지 이 주일이 지났다.

그동안 나는 학교 기숙사와 고시원을 전전했다. 지금은 식당 창고방에서 지내고 있었다. 식재료를 쌓아두는 방인데, 청소와 설거지를 해주는 대가로 무료로 사용했다. 밤 열한시부터 아침 여섯시까지 임시로 허락된 공간. 그래서인지 내게 방은 공간이 아니라 시간이었다. 하루 중 일곱 시간만 가질 수 있는 곳, 그 짧은 시간으로부터 벗어나고 싶었다.

잠시 침묵이 흐른 후 언니가 대답했다.

"오늘 저녁 여덟시쯤 집으로 올래?"

아르바이트는 밤 열시가 돼야 끝났다. 여덟시까지 가려면 점장에게 허락을 받아야 했다. 뭐라고 이야기 할까, 방을 보러 가야 되거든요, 솔직하게 말할까. 어쩐지 말하고 싶지 않았다. 방을 보러 가거나 이사를 하기 위해서 시간을 조정한 적이 몇 번인지 모른다. 올해만 해도 난 두 번의 이사를 했고, 네 번의 시간 조정을 했다.

"괜찮아요. 어차피 잠만 잘 건데요. 뭐, 월세를 미리 보내면 계약 완료인 거죠?"

"집이 좀 지저분해. 괜찮겠어?"

나 역시 깔끔한 사람이 아니었다. 청소하는 일로 다툴 일은 없겠다 싶었다.

"물론이죠, 계좌번호 알려주시면 바로 입금할게요."

"다른 사람들에게는 계약이 끝났다고 말할게. 늦더라도 오늘 들러. 계약서는 써야지."

네, 하고 전화를 끊은 이후로 내내 기분이 좋았다. 오늘 하루만 버텨내면 '사소한 사실'과는 이별이었다. '사소한 사실'은 창고방의 애칭이었다. 방탈출카페의 게임방 이름이기도 했다. 방탈출카페는 율리를 따라갔다. 그곳의 카운터는 공항의 체크인 카운터 같았다. 곧 떠날 여행지를 고르는 듯 나는 마음이 들떴다. 하지만 입장료를 보는 순간 이상하게도 속이 거북했다. 1인 입장료 26,000원. 쿠폰 할인과 회원가입 할인을 받더라도 22,000원이었다. 한 시간을 놀기 위해 두 시간의 아르바이트비를 날려야 하다니, 머릿속으로 포기해야 할 것들을 떠올렸다. 어찌나 골몰했는지 직원이 레몬티를 가져다주었을 때 하마터면 엎지를 뻔했다.

나는 머뭇머뭇대며 나갈 핑곗거리를 찾고 있었다. 뭐라고 말할까. 아르바이트를 하는 가게에서 연락이 왔다고 말할까. 지방에서 엄마가 왔다고 말할까. 식당 이모가 다쳤다고 말할까. 머릿속을 굴리고 있는데 율리가 조르듯이 말했다. "표정 보니 가고 싶구나. 우리 같이 하자. 응? 입장료는 내가 낼게." 나도 모르게 안도했다. "괜찮아, 같이 내"라는 말은 나오지 않았다. 율리는 돈 쓰기를 좋아하고 돈으로 환심을 사려는 경향이 있으니까 하고 싶은 대로 두자, 속으로 생각했다. 그랬음에도 씁쓸했다. 서울에 와서 유일하게 내게 관심을 가져준 친구가 율리였다.

나는 무심한 척 표정을 가다듬고 방들을 살폈다. '펜

트하우스 살인사건'이 눈에 띄었다. 무엇보다 방안의 인테리어가 마음에 들었다. 내 인생 중 단 하루만이라도 저런 집에 살 수 있다면 얼마나 좋을까. 비록 게임이지만 펜트하우스 감성을 느끼고 싶었다. 하지만 율리는 '사소한 사실'을 가고 싶어했다. '펜트하우스 살인사건'은 너무 식상하다는 것이었다. 다섯 명의 친구들이 파티를 했고 그중 한 명이 죽었다. 범인은 네 명 중한 명인데 누구일까. 이런 설정은 차고 넘친다고 율리가 말했다.

나는 '사소한 사실' 앞에 붙어 있는 안내문을 읽었다. '야수가 아끼는 붉은 장미를 꺾은 죄로 성에 갇힌아버지. 아버지를 대신해 벌을 받게 된 당신. 말하는 주전자와 말하는 시계, 성에 있는 모든 것이 신비롭고이상한 이곳에서 당신은 탈출하기로 결심한다. 이 방에 있는 단서를 60분 안에 찾아야 당신은 탈출할 수 있다.' 동화적인 설정이었다. 나는 현실적인 설정이 좋았지만 율리의 말을 따르기로 했다. 솔직하게 말하자면율리가 입장료를 지불했으므로 그녀 말에 따라주는 게예의라고 생각했다. 어쩌면 그녀도 그것을 노렸는지모른다. 둘의 몫을 혼자 지불한다는 것은 상대방의 시간까지 산다는 의미니까.

그후로 나는 마음이 조금 가벼워졌다. 창고방은 비로소 '사소한 사실'이 되었으며 냄새나고 좁고, 더러운 공간이 아니었다. 나는 아버지를 대신해 벌을 받는 중이었고, 방에서 나갈 단서를 찾지 못해 갇혀 있을 뿐이었다. 하지만 제한시간을 훌쩍 넘겼음에도 방문을 열어줄 '누군가'는 나타나지 않았다. 함께 추리해줄 친구도 없었다. 방에서 나가는 것은 오로지 나 혼자만의 몫이었다. 나는 외로웠고 가끔 엄마를 떠올렸다.

엄마는 집을 나간 아버지를 대신해 온갖 일들을 했다. 문제는 오래 버티지 못했다는 것이다. 식당 일도, 택배 분류 일도, 마트 일도, 급식 일도. 한 달을 채우고 월급을 받으면 몸이 아프다면서 일주일을 쉬었다. 그 일주일이 내게는 한 달 같았다. 서울에 있는 대학에 합격하면, 성인이 되면, 매일 쉬지 않고 일을 하면 적어도 엄마보다는 나은 삶을 살 수 있을 것이라 생각했다.

대학교에 합격했을 때 엄마는 등록금과 육 개월 기숙사비를 주면서 나머지는 알아서 하라고 했다. 나는 하루 여섯 시간씩 쉬지 않고 일했다. 그럼에도 내 손에 들어오는 돈은 고작 한 달에 백만 원 남짓이었다. 잠자는 곳만 해결돼도 돈이 모일 것 같았다. 어차피 방이란 잠만 자는 공간인데, 어디든 상관없을 것 같았다. 그러던 중 아르바이트를 하던 식당에서 창고방을 써도 좋다는 허락을 받았다.

그날 밤 나는 밀가루 포대와 설탕 포대가 겹겹이 쌓인 방의 물건을 한쪽으로 정리했다. 구석에 침낭을 깔고 자리에 누웠다. 온갖 식재료 냄새와 음식물 냄새가 방안으로 몰려왔다. 그 냄새들이 내 몸에 들러붙었다. 앞으로도 나는 그 냄새와 더불어 살아가야 할 것 같았다. 불현듯 이 넓은 땅에 몸을 누힐 공간이 창고방뿐이라는 사실이 서글펐다. 나는 침낭의 지퍼를 머리 위까지 잠갔다.

*

버스정류장에서 내리자마자 골목길이 보였다. 골목길 세번째 삼층짜리 빨간 벽돌집이 언니가 살고 있는 집이었다. 나는 옥탑으로 올라갔다. 방 앞에는 커다란 마루가 놓여 있었고, 머리 위에는 빨랫줄이 흔들거렸다. 나도 모르게 웃음이 났다. '사소한 사실'에서는 혹시라도 다른 사람들이 볼까봐 옷걸이에 속옷을 걸어놓고, 그 위를 수건으로 덮어놓아야 했다. 속옷에서 맡아지던 쾨쾨한 냄새와 기름기 냄새가 진절머리 나던 참이었다. 드디어 꽉 막힌 방, 열기와 냉기가 방안을 싸고도는 방에서 탈출할 수 있게 되었다.

언니가 문을 열었다. 들어가자마자 키 큰 신발장이 있었고, 바닥에는 신발들이 어지럽게 널려 있었다. 여름용 슬리퍼부터 한겨울 부츠까지, 너무나 빽빽해 내가 들어갈 틈이 보이지 않았다.

문득 계절을 알 수 없었다. 여름의 끝자락, 가을의 시작, 곧 겨울이 올 것이었다. 신발을 보면서 계절을 체감하고, 계절에 맞는 신발을 신고 외출을 하고, 집으로 돌아오고, 곧 다른 계절이 오고, 이렇듯 신발과 더불어 나는 늙어갈 것이다. 그 생각을 하자 기분이 이상했다. 바닥에 있는 신발 중 아무거나 골라 신고 어디론가 가고 싶었다. 나갔다 오면 나는 사회인이 돼 있을까.

언니가 나를 물끄러미 내려다보더니 신발을 발로 툭툭 찼다. 신발들이 엎어지고, 포개지고, 부엌 바닥까지 침범했다. 나는 빈자리에 신발을 벗어놓고 안으로 들어갔다. 신발들 사이, 내 신발이 가지런히 놓여 있다는 사실만으로 내 자리가 마련된 것 같았다.

나는 안으로 들어가 주위를 둘러보았다. 주방 겸 거실은 작았지만 세 사람이 사용하기엔 넉넉했다. 개수대와 싱크대까지 완벽했다. 이 집에서라면 요리를 해 먹을 수 있을 것이다. 즉석밥과 라면, 길거리 음식에서 해방될 수 있을 거라고 생각하자 내 삶이 한층 나아진 것 같았다.

언니가 큰 방의 문을 열었다.

"앞으로 민과 같이 지낼 방이야."

한쪽 벽에 붙박이 행거가 있었고, 바닥에 침대 매트리스가 두 개 놓여 있었다. 행거는 절반만 사용중이었고, 매트리스는 한쪽만 이불이 놓여 있었다. 정확하게 반으로 갈라진 공간이었다. 반쪽 너머는 절대 침범하지 말라는 무언의 압력이 느껴졌다.

"빈 침대와 행거를 쓰면 돼. 어때? 맘에 들어?"

나는 고개를 끄덕였다.

마지막으로 언니가 보여준 곳은 화장실이었다. 문을 열자 재채기가 쏟아졌다. 특유의 비린내와 샴푸향이 코를 찔렀다. 이질적인 냄새였다. 샴푸향과 비린내가 서로 이기려고 안간힘을 쓰는 듯했다.

나는 거울을 쳐다보았다. 거울은 아주 오랫동안 방치된 것 같았다. 물을 뿌린 흔적이 세로로 긴 줄을 만들고 있었으며 치약 덩어리와 비누거품이 그대로 묻어 있었다. 거울이라기보다는 인간의 사용 흔적이 각인된 예술품 같았다. 나는 재빨리 세면대로 고개를 내렸다. 세면대 역시 하얀 치약 덩어리가 곳곳에 눌러붙어 있었고, 땟자국으로 인해 본래의 색을 알아볼 수 없었다. 손끝만 닿아도 때가 까끌까끌 손에 묻어날 것 같았다. 욕실 바닥도 지저분하기는 마찬가지였다. 수챗구멍에는 머리카락이 한 움큼 뭉쳐져 있었으며 타일의 줄눈은 곰팡이 천지였다. 이 집에 들어오면 청소부터 해야겠어, 나는 생각했다.

언니가 머쓱한지 말했다.

"서로 미루다보니 이 꼴이야. 언제 올 거니?"

"내일이나 모레 올게요. 괜찮죠?"

나는 계약서에 사인을 했다. 이로써 나는 침낭만한 공간에서 매트리스를 깔 만한 공간으로 이동할 수 있게 되었다. 괜히 어깨가 으쓱했다. 방에서 나갈 단서를 찾은 것만 같았고, 거처라고 이름붙일 만한 공간을 찾은 것만 같았다. 아침마다 사라지는 공간이 아니라 늘 머물러 있는 공간을.

자리에서 일어서려는데 바닥에 널브러진 날파리 시체들이 보였다. 꽤 오래전에 죽은 것 같았다. 시체들 위로 먼지들이 살포시 내려앉았다. 그것들이 민들레 홀씨처럼 흩날렸다. 방안을 휘젓고 다니며 나풀거렸다. 곧 어딘가로 사라졌다. 그것들이 무엇인지 알 수 없었다. 날파리인지 먼지인지, 홀씨인지, 혹은 반딧불이인지. 어쩌면 꽃잎일지도 몰랐다. 그것이 무엇이든 그저 나는 좋았다. 청소만 하면 해결될 일이니까. 정말 무서운 것은 아무리 노력해도 해결할 수 없는 것들이었다.

*

나는 '사소한 사실'로 들어갔다. 한쪽에 있는 스탠드를 켰다. 주황색 불빛이 나를 맞이했다. 따스했다. 오늘 하루 수고했다고 나를 다독이는 것 같았다. 나는 돌돌 말린 침낭을 펴고 그 속에 발을 집어넣었다. 안락했다. 비로소 집에 온 것 같았다. 아주 가끔, 숨쉬는 것조차 버거운 날들이 있다. 더이상 살아가지 못할 것 같은 열패감에 빠져드는 날. 그런 날은 불빛과 침낭이 나를 위로해주었다. 일곱 시간 동안의 완벽한 자유. 그 자유가 없었다면 나는 이곳에서 버텨내지 못했을 것이다.

나는 식당으로 나가 밥을 먹고 설거지를 하고 청소를 했다. 마지막이라 생각하니 이곳에서의 생활이 꽤 괜찮았던 것 같았다. 무더위가 이어지던 날들이 특히 좋았다. 더운 여름날, 나는 식당 에어컨을 켜놓고 의자를 붙여 그 위에서 잠을 잤다. 전기세가 걱정되기도 했지만 그것은 이모 몫이었다(나는 사장님을 이모라 불렀다). 그 사실은 무척이나 짜릿했다. 마치 맘껏 밥을 먹고 밥값을 내지 않는 것과 비슷했다. 내 행동을 내 맘대로 할 수 있다는 것, 아무도 보거나 듣는 사람이 없다는 것, 그 사실만으로 나는 자유를 느꼈다. 그것은 하숙집 쪽방이나 고시원에서 누리지 못했던 몸의 자유였다.

시간은 어느새 열두시를 넘어서고 있었다. 이모에게 전화를 해야 할 텐데, 혹시라도 자고 있을까봐 걱정이 됐다. 막상 나가려고 하니 괜한 욕심을 부린 것은 아닌가 싶었다. 계약을 취소할까, 어차피 방이야 잠만 자는 공간인데, 조금 더 고생해서 전세방을 구하는 게 낫지 않을까. 이곳에서도 그럭저럭 살 만했는데.

나는 고개를 저었다. 전세방이라니, 내가 가진 돈으로는 어림없었다. 보증금을 제하고 나면 월세도 구하기 어려울 것이다. 딴생각이 들기 전에 이모에게 전화를 해야 했다. 뭐라고 말해야 할까. 망설여졌다. 차라리 엄마에게 전화해서 대신 전해달라고 할까. 아니, 그건 좋지 않았다. 계약을 혼자서 결정했듯 이모에게 말하는 것도 내 몫이었다. 나는 번호를 눌렀다. 신호음이 갔다. 빨리 받았으면 싶다가도 제발 전화를 받지 않았으면 했다. 문자로 남기는 것이 훨씬 편할 것 같았다. 전화를 끊으려는데 수화기 너머에서 목소리가 들렸다.

"응, 무슨 일 있니?"

나는 심호흡을 했다.

"학교 선배 집에서 같이 살기로 했어요. 내일 이사하려구요."

"……"

아무런 말이 들리지 않았다. 전화가 끊겼을까.

"여보세요? 이모, 듣고 있죠?"

한숨소리와 함께 목소리가 들렸다.

"그동안 네 덕분에 편했는데. 혹시 도움이 필요하면

나중에라도 연락하렴."

"네, 그동안 고마……"

딱 전화가 끊겼다. 마치 나와의 인연은 필요 없다는 듯 차가운 소리였다. 마음이 불편했다. 어쩐지 이모에게 큰 잘못을 저지른 것만 같았다. 한편으로 홀가분했다. 별일도 아닌데 괜히 긴장한 것 같았다.

식당 불을 끄고 방으로 들어갔다. 밀가루 포대 뒤에 있는 이민용 가방을 꺼냈다. 가방은 손잡이를 중심으로 온통 거미줄이 쳐져 있었다. 거미줄 위에는 커다란 거미 한 마리가 그네를 타고 있었다. 죽은 것 같기도 했다. 나는 휴지로 거미를 툭 쳐보았다. 여전히 움직이지 않았다.

나는 빗자루를 가져와 거미를 쓰레받기에 쓸어담았다. 거미의 몸이 쿨렁, 움직였다. 그 순간 거미의 몸에서 새끼 거미들이 끊임없이 쏟아졌다. 어쩌면 알주머니를 차고 있던 어미 거미를 건드린 것인지도 몰랐다. 깜짝 놀란 나는 빗자루를 식당 쪽으로 집어던졌다. 새끼 거미들이 빗자루를 휘감았다. 모래폭풍처럼 빗자루를 집어삼켰다. 마치 빗자루가 숲속의 나무둥치 같았고, 새끼 거미들은 나무를 감싸는 모래 같았다. 발가락이 까끌거렸다. 씻어도 씻어도 완벽하게 씻어낼 수 없는 미세한 모래알갱이가 발가락 사이에 끼어 있는 것 같았다.

어쩌면 식당 어딘가에서 또다른 암컷이 알을 까고, 새끼를 낳고, 자신들의 집을 만들고 있을지 몰랐다. 내 가방 안에도, 옷 속에도, 침낭 속에도 거미가 살고 있을지 몰랐다. 영화 〈스파이더〉가 생각났다. 한 번에 수천 마리의 알을 까는 육식 거미가 등장하는 영화. 불을 뿜고 가시를 날려 인간을 공격하고, 인간의 몸에도 알을 까는 거대한 거미들. 공포스러웠다. '사소한 사실'에 갇혀 거미와 함께 내 삶이 소진될까. 어서 빨리 이곳에서 나가야 했다. 거미줄에 갇힌 줄도 모른 채 하소연하는 삶을 더이상 살고 싶지 않았다.

이사를 가면 모든 옷과 물건을 소독해서 햇볕에 말려야지. 나는 거미들이 있을까봐 주의하며 옷을 가방 안에 넣었다. 짐을 싸고 보니 가방 두 개와 박스 하나가 전부였다. 삶이 무척이나 가벼워 보였다. 짐은 이토록 가벼운데 왜 나는 무거운 삶을 질질 끌고 난민처럼 살아야 했을까. 불안에 벌벌 떨며 질 낮은 생활을 감수해야 했을까. 좀더 안락한 삶을 위해 젊음을 소진하는 것은 어쩔 수 없다고 생각했다. 내 삶은 혼자만의 삶이 아니었고 내 뒤에는 엄마가 있었으니까.

불현듯 나는 깨달았다. 엄마 역시 자신만의 공간에 갇혀 누군가 빼주기만을 기다리고 있다는 것을. 그 누군가가 나라는 사실을. 그 사실이 몸서리쳐지게 무서웠다. 나는 엄마가 쳐놓은 거미줄에서 영영 벗어나지 못할지도 모른다.

*

옥탑방으로 이사 온 지 벌써 두 달째였다. 나는 시계를 보았다. 십 분만 있으면 마감이었다. 나는 주머니에서 휴대폰을 꺼내 슬쩍 보았다. 단톡방 알람이 여러 개 떠 있었다. 이번달 고지서와 함께 n분의 1에 해당하는 돈이 적혀 있었다. 말일까지 입금해달라고 언니가 말했다. 언니의 말이 이어졌다.

'집에서 치맥 할까?'

민이 대답했다.

'다음주에 시험이라서요. 시험 끝나고 해요.'

'어, 그래. 시험 잘 보고.'

더이상 오고가는 대화가 없었다. 나는 아무런 말도 하지 않았지만 시험이 끝난 후에 치맥을 하기로 결정된 것 같았다. 누가 시험을 치르든 말든 나는 상관없었다. 어차피 끼니를 때워야 하니까. 내 생각을 말하고 싶었지만 그러면 안 될 것 같았다. 내가 글을 올리는 순간 단톡방의 평화가 깨질 것 같았다.

차임벨이 울렸다. 아이와 엄마였다. 테이블을 치우고 있던 김미혜가 어서 오세요, 인사했다. 아이는 신이 나서 아이스크림 통 앞으로 왔다. 여자는 뚱한 얼굴로 아이스크림을 들여다보았다. 그들은 서로 의견이 맞지 않은 듯했다. 아이는 초콜릿을 먹고 싶어 했고, 여자는 요거트를 사주고 싶어 했다. 나는 마감 시간을 넘길까 봐 초조해졌다. 그것은 점장에게 시간 외 수당을 받아내야 한다는 의미였다. 수당 이야기는 언제나 불편했다. 그렇다고 무료로 일하는 것은 더더욱 싫었다. 제시간에 끝내는 것, 그것이 가장 아름다운 그림이었다. 나는 애써 미소 지으며 말했다.

"무엇을 드릴까요? 손님."

여자가 나를 올려다보았다. 눈빛이 이상했다. 나를 보고 있지만 나를 보고 있지는 않은 것 같은. 아니, 눈에 보이지 않는 어떤 형체를 바라보고 있는 것 같았다. 여자가 나를 보면 볼수록 내 존재가 사라지고, 나 말고 다른 어떤 존재가 내 자리를 차지하고 있는 것 같았다. 여자는 내 안의 다른 존재와 대면하고 있는 걸까. 섬뜩했다. 김미혜가 재빨리 내 옆으로 왔다. 옆구리를 찌르며 말했다.

"손님, 천천히 고르세요."

이 말은 늘 내가 하던 말이었다. 김미혜에게 들으니 기분이 묘했다. 김미혜는 아르바이트를 시작한 지 한 달째였다. 행동이 굼떠 손님들에게 "빨리 좀 주세요" "아직도 푸고 있어요?" "너무 느리네"라는 이야기를 자주 들었다. 여자가 말했다.

"'이상한 나라의 솜사탕' 주세요."

'이상한 나라의 솜사탕'을 스쿱해서 콘에 담으려는데 아이가 절대 먹지 않겠다면서 울먹거렸다. 여자는 어쩔 줄 모르고 서 있다가 결심했다는 듯 말했다.

"그것 말고 '엄마는 외계인'으로 주세요."

'엄마는 외계인'으로 바꾸려는데 아이가 말했다.

"그거 말고, 이거."

'이거'는 초콜릿무스였다. 여자가 아이를 보며 말했

다.

"이거 맛있어. 이 안에 네가 좋아하는 초콜릿도 있어. 이거 먹자."

아이는 싫어, 싫어를 연발하는 중이었고, 여자는 초조해 보였다. 우울과 무력감을 그림자처럼 드리우고 안 그런 척 안달하는 사람의 표정. 여자가 슬픈 눈빛으로 애써 미소 지으며 말했다.

"엄마가 떼쓰는 것은 나쁜 행동이라고 말했지요. 나쁜 행동을 했으니까 아이스크림은 사주지 않을 거예요."

여자의 마음을 알 수 없었다. 웃는 건지, 화를 내는 건지. 애매한 웃음과 불투명한 엄격함. 반말과 존댓말이 뒤섞인 모호한 말투. 아이는 엄마 말은 들은 체도 하지 않고 아이스크림 진열대 문을 열었다. 발돋움을 하며 통 안에 손을 집어넣었다. 아이의 손끝에 초콜릿이 묻어났다. 여자는 더이상 대꾸할 기력도 없다는 듯, 한숨을 쉬며 다가왔다.

"초콜릿무스로 주세요."

여자의 얼굴은 마치 한 번도 이겨본 적이 없는 사람처럼 패배의 기운이 역력했다. 자신의 삶을 살고 싶지만 뜻대로 되지 않아 화를 삭이는 것 같기도 했다.

여자와 눈이 마주쳤다. 여자는 표정을 가다듬으며 내게 말했다.

"양이 왜 이렇게 작아요? 제대로 푼 거 맞아요?"

김미혜가 내 옆으로 왔다. 여자를 보면서 말했다.

"손님, 더 드릴게요."

김미혜가 한 스쿱 더 얹어주었다. 여자는 무표정한 표정으로 중얼거렸다. "나도 예전에 아르바이트해서 아는데 완전 초짜네." 여자가 아이의 손을 잡고 나갔다. 아이의 발걸음은 경쾌했고 여자의 발걸음은 화가 묻어 있었다. 김미혜가 한숨을 쉬며 말했다.

"어휴, 진상. 오늘은 기분좋게 마감하나 했더니, 이게 뭐야."

이상하게도 나는 화가 나지 않았다. 다른 존재를 보는 듯한 여자의 눈빛이 떠올랐고, 아이에게 쩔쩔매던 모습이 떠올랐다. 단지 내게 화풀이하려던 것인지도 모른다. 사는 게 피곤하고 힘들어서, 아이에게 끌려다니는 자신이 한심해서 괜히 큰소리치는 것이다. 이 세상에는 여자처럼 사과하지 못하는 사람들이 차고 넘쳤다. 자신의 속마음을 들여다보지 못해 이리저리 끌려다니는 사람들도 차고 넘쳤다. 여자는 차고 넘치는 사람들 중 한 사람일 뿐이다.

나는 시계를 보았다. 밤 열시 이십분이었다. 마감 시간이 한참이나 지나 있었다. 문 앞에 CLOSE를 걸어놓고 마감을 하려는데 술 취한 듯 얼굴이 발그레한 남자와 여자가 들어왔다. 마감했다고 이야기하자 포장해달라고 했다. 김미혜가 아이스크림을 건넸다. 남자가 아이스크림을 한입 물며 말했다.

"아이 차, 왜 이렇게 차가워."

김미혜가 내 귀에 대고 속삭였다.

"아이스크림이니까 차지."

나도 모르게 웃음이 나왔다. 나는 안에서 문을 잠그고 마감을 시작했다. 아이스크림 통 벽을 청소하고, 안에 들어 있는 아이스크림을 동산 모양으로 동그랗게 만들었다. 이 일은 요령보다는 힘이 필요했다. 몇 개의 통을 청소했더니 팔이 저렸다. 어깨도 욱신욱신 아팠다. 아이스크림은 왜 이리 차고 딱딱한지, 이름은 왜 그렇게 특이하고 이상한지, 신제품은 왜 그리 자주 나오는지. 이름을 외우고 요령 있게 아이스크림을 푸고, 청소하는 것을 익히는 데만도 한참이 걸렸다.

옆에서 통을 청소하던 김미혜가 말했다.

"겨울에 어디 갈 거야? 나는 빨리 갈 건데."

겨울에 일주일간 문을 닫는다고 점장이 말했다. 옆 가게를 인수해 확장공사를 할 계획이라고 했다. 김미혜의 말이 이어졌다.

"여행 가려고 아르바이트 시작한 건데. 너무 잘됐어. 휴가 신청을 따로 하지 않아도 되잖아. 그치?"

"응, 나는 싱가포르로 갈 거야. 센토사섬에서 아무것도 하지 않고 바다만 보고 올 거야."

나도 모르게 말이 튀어나왔다. 싱가포르 센토사섬은 며칠 전 유튜브에서 본 곳이었다. 작은 해변과 풀빌라 숙소가 눈에 아른거렸다. 해변 앞에 있던 아쿠아리움과 섬을 한 바퀴 도는 열차도. 바닷가에서 수영하다 아쿠아리움에서 고래 만나고, 바닷가에서 수영하다 섬을 한 바퀴 돌고, 바닷가에서 수영하다 바닷가재를 먹고, 바닷가에서 수영하다 노을을 보고, 매일매일 비슷하지만 약간은 다른 일상을 살고 싶었다.

*

　민은 자리에 없었다. 아마도 학교에 갔을 것이다. 이
곳에 온 이후로 늘 민은 자고 있거나 자리에 없었다. 아
마도 민이 생각하기에 나도 마찬가지일 것이다. 자고
있거나 없거나. 우리는 서로가 자고 있거나 없는 생활
에 길들여지고 있었다. 아주 작은 뒤척임과 소란스러
움이 없었다면 우리는 서로의 존재를 망각했는지도 모
른다. 나는 민의 새근거리는 숨소리가 귓가를 파고들
거나, 옷을 갈아입는 소리, 스탠드의 불을 끄거나 켜는
소리에 함께 있다고 느낄 뿐이었다.

　우리는 같은 공간에 살고 있었을 뿐 각자 다른 시간
을 살았다. 나는 둘째 주, 넷째 주 월요일이 쉬는 날이
었고, 민은 매주 목요일이 쉬는 날이었으며 언니는 주
말에 쉬었다. 공간이 겹치지도 않았다. 언니는 씻을 때
와 먹을 때를 제외하고는 방에서 나오지 않았고, 민과
나는 서로를 피해 다른 공간에서 지냈다. 민이 씻으면
나는 거실에 있었고, 민이 거실에 있으면 나는 방에 있
거나 마루에 나가 있었다. 불만 켜지면 사라지는 바퀴
벌레들처럼 우리는 서로를 피했다.

나는 기지개를 켰다. 월요일이었다. 오늘은 수업도 없었고, 아르바이트도 없었다. 나는 침낭 속에서 꼬물거렸다. 아무도 없다는 사실에 만족감이 밀려왔다. 오늘 저녁까지는 온전한 나만의 공간이었다.

나는 거실로 나가 즉석밥에 고추장 참치를 넣고 비볐다. 환풍기를 타고 썩은 생선 냄새가 올라왔다. 건물 정화조 냄새와 음식물 냄새까지, 모든 냄새들이 옥탑으로 올라오는 듯했다. 그래도 냄새는 참을 만했다. 그것은 누군가와 함께 살아가고 있다는 표시니까.

정말 참기 어려운 것은 사라지는 시간이었다. 공부도 해야 했고, 돈도 벌어야 했고, 친구도 만나고 싶었지만 시간은 너무 빨리 지나갔다. 쪼개고 쪼개도 부족했다. 청소할 시간조차 없었다. 청소는 이사온 뒤로 딱 한 번 했을 뿐이었다. 이제는 곰팡이와 더불어, 먼지와 더불어 살아가는 중이었다. 햇볕이 필요했다. 따뜻한 곳, 하루종일 햇볕을 쬘 수 있는 곳으로 가고 싶었다.

나는 휴대폰을 열었다. 싱가포르에 가려면 여름옷과 샌들, 모자, 선글라스와 선크림이 필요했다. 나는 장바구니에 담기 시작했다. 담아도 담아도 끝이 없었다. 옷이나 신발 따위는 예쁜 쓰레기라고 생각했는데, 환경을 위해서도, 이사를 위해서도 불필요하다고 생각했는데. 어쩌면 내 생각이 잘못된 것인지도 몰랐다. 장바구니에 담은 것만으로 행복했다. 이 안에 있는 물건이 모두 내 소유인 것만 같았다.

나는 비행기 표와 호텔을 검색했다. 비행기 표는 언제쯤 예약하는 게 가장 저렴한지, 땡처리 특가는 언제쯤 나오는지. 그리고는 호텔을 검색했다. 호텔은 사이트마다 규정이 달랐다. 예약만 하고 돈은 나중에 지불하는 곳이 있었다. 나는 풀빌라 옵션에 바다가 보이는 곳으로 예약했다. 한 달 치 아르바이트보다 비싼 곳이었지만 언제든 떠날 수 있을 것 같았다.

나는 흥얼흥얼 노래를 부르며 언니 방으로 갔다. 이곳에 온 이후로 언니 방은 처음이었다. 방안은 온통 옷뿐이었다. 옷장과, 벽, 화장대 위와 침대 위에도 온통 옷뿐이었다. 옷은 바닥에도 수북하게 쌓여 쓰레기 더미를 이루고 있었다. 이 많은 옷들 위에서 잠을 자고, 화장을 하고, 노트북을 보고 있었다니, 그토록 깔끔하고 예쁜 사람이 이토록 지저분한 공간에서 살고 있었다니, 기분이 이상했다. 나는 문을 연 것뿐인데 언니의 비밀을 엿본 것 같았다. 아니 어쩌면 이 방이 언니의 옷을 담기에 너무 작은지도 모른다.

　나는 쓰레기 더미를 헤치고 옷장 안을 들여다보았다. 여름 원피스와 모자가 보였다. 수영복도 있었다. 장바구니에 담아두었던 옷과 모자, 수영복이 생각났다. 한두 개쯤 가져가도 모를 것 같았다. 내게 어울릴 만한 옷을 정신없이 고르다가 나는 깜짝 놀랐다. 이건 아니지 싶었다. 차라리 언니에게 말해서 옷을 빌려 입는 게 좋을 것 같았다.

　방에서 나가려는데 어깨끈이 달린 흰 원피스가 보였다. 여름에 언니가 입은 것을 본 적이 있었다. 청순해 보이는 옷이었다. 내게도 어울릴까, 나는 옷을 입고 거울 앞에 섰다. 낯선 내가 서 있었다. 옷만 바뀌었을 뿐인데, 아르바이트 따위는 하지 않고 집에서 주는 밥 먹으며 공부만 하는 학생 같았다. 이 옷을 입고 센토사섬에 앉아 있는 모습이 그려졌다. 어느 누구도 생애 첫 해외여행인 줄 모를 것이다.

　나는 다른 옷들도 입어보았다. 자꾸 입다보니 내가 무엇을 하는지도 모를 지경이었다. 옷들도 모두 비슷비슷했다. 색상과 디자인만 조금씩 다를 뿐이었다. 시계를 보니 어느덧 오후 두시였다. 나는 방에서 나왔다.

단톡방에 알람이 울렸다. 언니였다.

'오늘 저녁에 치맥 하자. 시험 끝날 때까지 기다리려고 했는데 급해서. 할 얘기가 있어.'

나는 바로 댓글을 달았다.

'좋아요, 저는 집이에요.'

민은 대답이 없었다.

'민은 오늘 열한시가 돼야 하지?'

여전히 민은 대답이 없었다. 시험 기간이라 마음이 불편한 것일까. 하기야 잠을 쪼개가며 공부를 하니 당연한 것인지도 몰랐다. 나는 민의 기분을 헤아려 대답했다.

'치맥 말고 그냥 얘기만 해요. 십분이면 될까요? 이십분?'

'응, 그 정도면 돼.'

그제야 민이 대답했다.

'알았어요.'

무슨 일일까. 이곳에 온 지 두 달이 돼가는데 언니가 심각하게 이야기를 하자고 한 적이 없었다. 남자친구 때문일까. 언니는 결혼을 앞둔 남자친구와 한 달 전 헤어졌다. 그날도 치킨에 맥주를 사가지고 왔다. 같이 먹자는 말에 나는 "씻고 올게요" 했고, 민은 "과제를 해야 해서요" 했다. 씻고 나왔더니 언니는 거실에 없었다.

*

언니는 치킨과 맥주 대신 삼겹살과 소주를 사가지고 왔다. 삼겹살은 먹음직스럽게 익어가고 있었다. 언니는 식당에서 삼겹살을 구워주는 사람처럼 묵묵히 삼겹살만을 구웠다. 나는 언니의 표정을 살폈다. 어딘지 모르게 우울해 보였고, 낯빛이 어두웠다. 그 어둠이 언니가 꺼낼 말 속에 있을 거라고 생각하자 불안했다. 어떤 위로를 건네야 할지 나는 알지 못했다. 지금까지 살면서 누군가를 위로한 적도, 위로받은 적도 나는 없었다. 삶이란 혼자서 외롭게 버텨내는 것이라 생각했다. 단둘이 앉아 있는 것만으로 역할이 주어진 것 같아 답답했다.

나는 역할이 싫었다. 누군가의 딸, 누군가의 친구, 누군가의 무엇이 아닌 나로 살고 싶었다. 그래서 나는 셰어하우스가 좋았다. 우리는 오며가며 안부를 묻고, 눈이 마주치면 웃고, 아무 일 없다는 듯 각자의 공간으로 들어갔다. 그러니까 언니와 나의 거리는 120센티미터에서 360센티미터, 그 사이 어딘가에 있었다. 사무실에서 회의를 할 때 서로의 얼굴을 마주볼 수 있는 거리, 너무 가깝지도 멀지도 않은 공적인 거리였다.

언니는 가끔 오늘처럼 먹을 것을 사가지고 왔다. 언니가 음식을 먹다 남기면 다음날 그 음식을 민이 먹거나 내가 먹었다. 냉장고에 음료를 채우는 것도 언니였고, 생필품을 사다놓는 것도 언니였다. 나는 언니가 사놓은 물건을 쓸 때마다 죄책감을 느꼈다. 가끔 햇밥이나 참치캔을 사놓음으로써 죄책감을 덜고는 했지만 언니는 그 음식을 먹지 않았다.

불현듯 이상한 생각이 스쳤다. 혹시 언니가 생필품이나 음료값을 달라고 하는 것은 아닐까. 돈을 모아서 공동경비로 쓰자고 하는 것은 아닐까. 언니가 입을 열었다.

"남자친구는 없어?"

"네. 누군가 있다는 게 거추장스러워요. 같이 밥을 먹어야 하고, 놀아줘야 하고, 관심 가져줘야 하고. 그거 피곤하잖아요."

나는 영훈을 떠올렸다. 남자친구라는 말을 들을 때

마다 생각나는 유일한 사람, 아주 잠깐 만났다가 헤어진 사람. 어쩌면 우리가 사귀게 된 것도, 헤어지게 된 것도 시간 때문인지도 몰랐다. 빈 매장에 남아 파손된 음식을 먹으며 우리는 가까워졌고, 집이 같은 방향이라 사귀게 됐다. 집으로 오는 그 짧은 시간이 데이트 시간의 전부였다. 서로의 시간이 일치한다는 것, 다른 누군가의 희생이 없어도 된다는 사실만으로 우리는 연인이 될 수 있었다. 하지만 서로의 시간이 엇갈리고, 일하는 곳이 달라지자 우리는 멀어졌다.

데이트다운 데이트를 한 것도 한 번뿐이었다. 이벤트에서 당첨된 롯데월드 입장권이었다. 아마도 우리가 서로의 시간을 희생한 유일한 한 번일 것이다. 이상하게도 그날을 생각하면 기분이 좋지 않았다. 밥을 먹거나 놀이기구를 타는 사소한 일조차 계산기를 두들겨댔으니까. 내가 물었다.

"이제는 괜찮아요?"

"뭐가?"

"헤어진 거."

"안 괜찮아. 그동안 왜 그렇게 예뻐 보이려고 안달했을까. 아마도 나는 경제적 자유를 꿈꿨나봐. 한심하게.

내가 부유하지 않듯 그 사람도 마찬가지인데. 그 사실을 알고 나니 너무 허무하더라. 우리는 결혼 준비부터 혼수, 인테리어까지 뭐 하나 일치하는 게 없었어. 서로가 서로에게 바라는 게 너무 많았나봐. 나는 그 사람이 나를 이해해주기를 바랐고, 그 사람은 내가 자신을 따라주길 바랐어. 의견이 엇갈릴 때마다 정말 나를 사랑해? 서로에게 윽박지르며."

언니가 덤덤하게 소주를 들이켰다. 모든 격정이 사라진, 원하는 것이 없는 사람의 표정이었다. 술이 있으니 술을 마시고 밥이 있으니 밥을 먹는, 그저 본능에만 충실한 사람의 표정. 무기력해 보였고 나약해 보였다. 활력이 필요할 것 같았다. 나도 모르게 말이 튀어나왔다.

"언니, 저랑 싱가포르 갈래요? 겨울에 매장이 확장 공사 하거든요."

언니가 나를 물끄러미 바라보았다. 이건 도대체 뭐지, 하는 표정이었다. 내 말을 해석하기 위해 안간힘 쓰는 것 같았다. 하기야 나도 내가 꺼낸 말을 이해하지 못했다. 왜 머릿속으로만 맴돌던 말을 툭 내던져버린 걸까. 언니의 얼굴에 배시시 웃음이 피어났다.

"그럴까, 그것도 괜찮겠네."

"근데 옷이랑 모자 좀 빌려줄 수 있어요?"

언니가 고개를 갸웃거렸다. 전혀 예상하지 못했던 질문을 받았을 때의 표정이었다. 저 표정은 율리에게서도 보았고 영훈에게서도 보았다. 나와 멀어질 때 한결같이 짓던 표정들. 의문을 가득 담아 나를 꾸짖던 눈빛들. "너는 항상 제멋대로야. 고마워, 하면 될 일을 꼬아버리거든. 마치 내가 돈으로 친구를 사고 싶어하는 것처럼 나를 모독했어. 너를 배려해서 돈을 쓴 것뿐인데." 율리의 말이 귓가를 맴돌았다. "너, 내 말 듣고 있는 거야? 나는 돈이 없어도, 갈 곳이 없어도 너랑 있는 게 좋았어. 너는 내가 창피했나봐. 늘 딴소리를 해." 영훈의 말도 생각났다. 어쩌면 그들의 말이 사실인지도 몰랐다. 나는 돈에 얽매여 있는 내가 싫어 딴소리를 했고, 돈으로부터 자유로운 율리를 질투했다. 그녀는 내 처지를 이야기하면 놀란 듯 말했다. "지금까지 살면서 방이 아닌 집에서 살아본 적이 없다고. 정말이야?" "서울에서 나고 자라 부모님과 살고 있는 내가 부럽다고?" 그 천진함이 나를 질리게 했다. 언니와도 곧 헤어질 것이다. 지금까지의 모든 만남이 그랬듯.

내가 말했다.

"싫으면 안 빌려줘도 돼요."

"어떤 옷?"

"아무거나 안 입는 옷이면 다 좋아요."

뭔가 해야 할 일이 생각난 사람처럼 언니 얼굴에 생기가 돌았다.

"안 입는 것 다 줄게. 정리하려던 참이었어."

언니가 방으로 들어갔다. 장롱 문을 활짝 열어놓고 옷들을 꺼내기 시작했다. 버릴 옷들이 거실로 나오고, 입어야 할 옷들이 바닥과 침대 위로 쌓였다. 나는 재활용품을 찾듯 그 속에서 입을 옷들을 찾았다. 옷들을 뒤적일 때마다 해묵은 먼지들이 폴폴 날아다녔다. 곰팡내와 나프탈렌 냄새가 쏟아졌다. 재채기가 나왔다. 그래도 행복했다. 이것들은 장바구니에 담겨 있는 가짜가 아니라 손에 잡히는 실물이었으니까.

*

"와, 이 먼지. 한밤중에 뭐하는 거예요?"

민의 목소리가 들렸다. 언니와 나는 동시에 민을 쳐

다보았다. 민이 인상을 쓰며 말했다.

"이 옷들은 다 뭐예요?"

언니가 말했다.

"버릴 옷. 필요하면 가져가도 돼."

민의 눈이 반짝 빛났다가 곧 한숨을 쉬었다.

"나중에요. 할말이 있다면서요."

언니가 우리를 둘러보며 잠시만 앉아보라고 말했다. 나는 바닥에 쌓여 있는 옷들을 치웠다. 빈 공간에 무릎을 세우고 앉았다. 언니와 민은 옷더미 위에 자리를 잡고 앉았다. 문득 인도의 빈민촌 아이들이 생각났다. 쓸만한 것을 찾기 위해 옷더미를 뒤지는. 언니가 말했다.

"다음달이면 이 집 계약 만료야. 주인 아줌마는 너희들이 원한다면 계속 살게 해주겠대. 대신 보증금을 천만 원 올려줘야 해."

나는 언니를 쳐다보았다. 뭔가 억울했다. 따지고 싶었다. 내가 낚아챈 집이 고작 이 개월짜리 시한부였다니. 창고방으로부터 탈출했다고 생각했는데 제자리걸음이었다니. 달리고 달려도 결코 벗어날 수 없는 환경, 이게 내 삶이라는 사실을 잊고 지냈다. 내게 집이란 장바구니에 담을 수 없는 소망일 뿐이었다. 이제 소망 따위는 꿈꾸지 말아야지. 민의 목소리가 들렸다.

"언니는 살 집 구했어요?"

언니가 힘겨워하며 말했다.

"사실 육 개월 동안 월세를 내지 못했어. 결혼 준비하느라. 나중에 보증금 받아서 갚을 생각이었는데…… 나는 좀더 싼 곳으로 알아볼 거야."

"월세는 그대로지요?"

"응. 보증금 삼천만 원에 월세 육십만 원."

민이 나를 보며 말했다.

"음, 가진 재산 전부가 오백만 원인데. 너는 어떡할 거야?"

'사소한 사실'이 생각났다. 이모에게 말하면 갈 수 있을지도 몰랐다. 하지만 가고 싶지 않았다. 일곱 시간만 존재하는 방보다 언제든 몸을 누힐 수 있는 방이 좋았다. 쉬는 날마다 도서관을 배회하거나 공원을 배회하는 일도 더는 하고 싶지 않았다. 결국 내가 갈 곳은 고시원뿐이었다. 내가 어물거리자 민이 말했다.

"언니가 결혼하면 멤버 한 명을 고를 생각이었어요. 문제는 보증금인데."

민이 생각에 잠겼다.

나는 민이 방 문제에 골몰하면 할수록 방에 대해 생각하고 싶지 않았다. 생각하면 할수록 방이 내게서 도망치는 듯한 기분이 들었고, 생각한다고 해서 해결될 문제도 아니었다. 그러니까 나는 되도록 방에서 멀어지고 싶었다. 되도록 이 문제를 회피하고 싶었다. 돈만 있다면 방은 널렸고, 돈이 없어도 방은 구할 수 있었다. 다만 내가 원하는 방이 아니어서 괴로울 뿐이었다. 내가 말했다.

"나도 오백은 보탤 수 있어. 하지만 여전히 부족하잖아. 우리 그러지 말고 각자 살아남자. 형편대로 사는 거지 뭐. 그전에 제안할 것이 있는데, 헤어지는 기념으로 싱가포르에 다녀오자."

뭔가 가슴속이 후련했다. 장바구니에만 담아두었던 말을 이제야 꺼낸 것 같았다. 싱가포르에 가고 안 가고는 더이상 중요하지 않았다. 중요한 것은 여행을 제안했다는 것이었다. 다른 사람도 아닌 내가 했다는 것. 늘 핑곗거리를 찾고 도망만 다녔던 내가.

나는 가슴이 설렜다. 말을 꺼내고 나니 어디로든 갈 수 있을 것 같았다. 하지만 떠나지 못할 것이다. 민이 곧 거절할 테니까. 민은 돈을 아끼느라 배달음식도 먹지 않았고 오로지 일만 했다. 잠잘 시간을 아껴가며 공부에 매진해 장학금까지 받았다. 그러니 퉁명스럽게 말할 것이다. 저는 일해야 돼서요. 혹은 공부해야 돼서요. 민이 말했다.

"언니, 우리 같이 사는 게 어때요? 밀린 월세만 있으면 되는 거잖아요."

나는 안도했다. 내 제안은 제쳐두고 오로지 집에 대해서만 이야기하는 민이 고마웠다. 사실 나는 떠나고 싶은 만큼 떠나고 싶지 않았다. 떠난다는 것은 돌아온 이후 더 열심히 일해야 한다는 의미니까. 더 많은 빚을 떠안아야 한다는 의미니까. 그래, 살아가는 것이 먼저였다. 여행은 그저 장바구니에 담아둔 채로, 메타버스로만 즐기면 되는 것이다. 삶이 아프거나 힘들 때마다 꺼내보는 위로로. 현실의 암담함으로부터 잠시 벗어나기 위한 환상으로.

민이 나와 언니를 번갈아 쳐다보았다.

"우리 재결합하게 된 기념으로 싱가포르에 가요. 삼백육십만 원은 뭔가 방법이 있을 거예요. 우리가 조금씩 보태든가, 아줌마에게 보증금을 깎아달라고 하든가, 월세를 조금 올리든가. 아무튼 같이 해봐요. 방 문제든, 여행이든."

나는 민의 확신이 부러웠고, 그녀가 내 룸메이트라는 사실에 가슴이 쿵쾅거렸다. 그녀와 함께라면 여행이든, 뭐든 다 할 수 있을 것만 같았다. 장바구니에 담아두었던 옷들과 가방, 비행기 표와 호텔이 생각났다. 차마 예약 버튼을 누르지 못했던 것은 돈 때문이라고 생각했는데, 어쩌면 그게 아닐지도 몰랐다. 혼자였기 때문이었다. 혼자여서 삶이 무서웠고 혼자여서 삶이 막막했으며, 혼자여서 함께 살아갈 방법을 알지 못했다. 이들과 함께라면 삶을 조금 더 버텨낼 수 있을 것이다. 장바구니도 비울 수 있을 것이고, 모자라는 것을 채울 수도 있을 것이다.

어쩌면 함께 살아간다는 것은 머리를 맞대고 같은 고민을 한다는 것인지도 모른다. 율리로부터 멀어진 것도, 영훈에게 이별을 고한 것도 같은 고민을 하지 않았기 때문인지도 모른다. 나도 모르게 비교하고, 비교당하는 삶이 지겨웠다. 그들과 다른 레인에 서서 경쟁하는 것 같은 차이가 나를 못 견디게 했다. 어쩐지 언니와 민은 나와 같은 레인에 서 있는 것만 같았다. 그 사실만으로 마음이 한없이 가벼워졌다.

"근데 우리 빈민촌에 사는 난민 같지 않아?"

언니가 웃으며 말했다. 민이 낄낄대며 옷을 집어던졌다. 옷이 내 얼굴 쪽으로 날아왔다. 볼을 강타했다. 볼이 얼얼했음에도 자꾸만 웃음이 나왔다. 이제야 비로소 삶의 공통점이 생긴 것만 같았다. 이제야 비로소 가족이 된 것만 같았다.

이로써 우리는 정화조 냄새와 얇은 합판으로부터 잠시 떠날 수 있게 되었다. 삶 따위는 잠시 미뤄두고, 생활을 고정시켜줄 수입 따위도 잠시 미뤄두고. 미뤄두기만 했던 미래를 지금 이 순간 불러올 수 있게 되었다.

미래의 행방

한영인(문학평론가)

「사소한 사실들」의 주인공 '나'는 끊임없이 이동한다. 그녀의 이동은 주어진 한계를 벗어나 마음껏 자유를 만끽하는 여정이 아니라 자그마한 경계나마 지키기 위한 어쩔 수 없는 안간힘에 가깝다. 아버지가 증발하듯 사라진 후, 그녀와 엄마는 생계를 꾸려나가기 위해 이곳저곳을 떠돌아야 했다. 엄마가 식당, 택배 사업소, 마트, 학교 급식실 등을 전전하는 동안 '나'는 자신의 삶을 일거에 도약시킬 수 있는 결정적인 이동을 꿈꾼다. 그녀는 당시의 속마음을 이렇게 고백한다. "서울에 있는 대학에 합격하면, 성인이 되면, 매일 쉬지 않고 일을 하면, 엄마보다는 나은 삶을 살 수 있을 것이라 생각했다." 그 간절한 바람이 통한 덕일까. 그녀는 서울에 있는 대학에 합격해서 고향을 떠나게 된다.

하지만 고향을 떠나 서울에 왔다고 해서 그녀의 삶이 곧바로 나아지는 건 아니다. 오히려 가진 것이 없는 그녀는, 그래서 겨우 "등록금과 육 개월 기숙사비"만 지원받은 그녀는 남은 공백을 오로지 자신의 노동을 통해 메워가야 하기 때문이다. 고향에서 엄마와 함께 머물렀던 작은 보금자리조차 서울에서는 허락되지 않는다. 그녀는 학교 기숙사에서 고시원으로, 고시원에서 식당 창고방으로, 식당 창고방에서 낡은 옥탑방 셰어하우스로 끊임없이 떠돌아야 한다.

이 작품은 식당 창고방에 살고 있던 주인공이 아는 언니가 룸메이트를 구한다며 올린 글을 보고 연락하는 장면으로 시작한다. 그녀는 현재 식당 청소와 설거지를 해주는 대가로 주인 이모가 무료로 제공한 식당 창고방에 살고 있다. 하지만 그녀가 거기 머물 수 있는 시간은 밤 열한시부터 아침 여섯시까지에 불과해서 쉬는 날엔 "도서관을 배회하거나 공원을 배회"하며 하릴없이 시간을 보내야 하는 처지다. 그 창고방은 자신의 지친 몸을 뉘일 수 있는 안식처라기보다 끊임없는 이동 중에 잠시 거쳐가는 정류장에 가깝다. 그녀가 동거인을 구하는 언니의 SNS 글을 재빨리 낚아채 방도 보지 않고 계약한 데에는 그 어떤 곳이라도 지금 사는 창고보다는 나을 것이라는 기대가 스며 있기 때문이다.

그녀가 도착한 옥탑방 셰어하우스는 예상했던 것보다 훨씬 비좁고 불결한 곳이지만 그녀는 낙담하거나 실망하지 않는다. "청소만 하면 해결될 일이니까." 그녀는 잘 알고 있다. "정말 무서운 것은 아무리 노력해도 해결할 수 없는 것들"이라는 사실을. 고향을 떠나 서울에서 새로운 삶을 시작한 그녀 앞에 펼쳐진 세계는 푸른 꿈의 세계가 아니라 "아무리 노력해도 해결할 수 없는 것들"이 자신을 겹겹이 둘러싸고 있는 폐색된 현실이었다. 식당 창고방을 떠나기 위해 짐을 정리하던 그녀는 자신이 가진 것이 "가방 두 개와 박스 하나가 전부"라는 사실을 새삼 깨닫는다. 요새 유행하는 말을 빌리자면 '미니멀 라이프'를 실천하고 있는 셈이지만 어쩐지 삶의 무게는·이와 반비례하는 것만 같다.

'셰어하우스'는 하나의 집을 여러 사람이 공유하는 주거 형태를 뜻한다. 원룸 생활에 비해 넓은 생활공간을 누릴 수 있다는 장점이 있지만 다른 사람과 함께 거주하다보니 사생활에 대한 보호는 어느 정도 포기해야 한다. 작품 속에서 그녀와 언니, 그리고 그녀의 룸메이트 민은 그 절묘한 거리를 용케 유지한다. "불만 켜지면 사라지는 바퀴벌레처럼" 서로를 피하다가도 이따금 함께 치킨에 맥주를 마시거나 삼겹살을 구워 소주를 마시며 서로의 온기를 나눠 갖기도 한다. 그녀는 셰어하우스 생활에 따르는 딱 이만큼의 거리감에 안도한다. "그래서 나는 셰어하우스가 좋았다. 우리는 오며가며 안부를 묻고, 눈이 마주치면 웃고, 아무 일 없다는 듯 각자의 공간으로 들어갔다." 이 미니멀한 관계의 간소함은 언제든 이동할 수 있어야 하기에 진지하고 무거운 관계에 부담을 느낄 수밖에 없는 그녀의 처지와 닮아 있다. "너무 가깝지도 멀지도 않은 공적인 거리"가 그녀의 삶에 맞춤한 관계의 무게인 셈이다.

하지만 이들의 짧은 동거는 보증금을 천만 원 올려달라는 주인 아주머니의 재계약 조건으로 인해 위기를 맞고 그녀는 익숙한 낙담에 빠진다. "창고방으로부터 탈출했다고 생각했는데 제자리걸음이었다니. 달리고 달려도 결코 벗어날 수 없는 환경. 이게 내 삶이라는 사실을 잊고 지냈다." 모처럼 맞이한 안온한 정착 생활이 신기루처럼 사라질 위기에 처한 그때, 그녀는 언니와 민에게 난데없는 제안을 한다. 그것은 바로 함께 싱가포르 여행을 떠나자는 것. 이 난데없는 제안은 현실의 질곡을 상상적으로 벗어나려는 충동의 표현인 동시에 강력한 소망의 표출이기도 하다. 싱가포르는 이 작품에서 주인공에게 할당된 이동의 계열에서 확연히 벗어나 있다. 현실에서 그녀는 제 한 몸 누이기 위해 기숙사와 고시원, 옥탑방과 창고방을 거치며 끊임없이 이동해야 할 뿐 휴식과 '힐링'을 위한 여행은 삶의 계획 안에 자리잡지 못한다. 하지만 그 꿈이 아득히 멀리 있을수록 진정한 이동에 대한 갈망은 더욱 커진다. "바닥에 있는 신발 중 아무거나 골라 신고 어디론가 가고 싶었다"는 고백에서 내비치듯 그녀는 비루하고 가난한 현실로부터 훌쩍 떠나고 싶어한다.

그럼에도 선뜻 그러지 못하는 건 녹록지 않은 현실 탓이다. 그래서 엉겁결에 여행을 제안해놓고도 그녀는 끝까지 망설인다. "떠난다는 것은 돌아온 이후 더 열심히 일해야 한다는 의미니까." 그러나 그것이 전부였을까. 어쩌면 돈은 그녀가 자신의 결정을 합리화하기 위해 손쉽게 활용한 알리바이는 아니었을까. 룸메이트 민이 오히려 더 적극적으로 싱가포르 여행을 추진하는 것을 보면서 그녀는 어쩌면 그동안 자신이 스스로를 속여온 것일 수도 있다는 데 생각이 미치게 된다. "어쩌면 그게 아닐지도 몰랐다. 혼자였기 때문이었다. 혼자여서 삶이 무서웠고 혼자여서 삶이 막막했으며, 혼자여서 함께 살아갈 방법을 알지 못했다." 돈과 시간보다 더 중요했던 건 친밀감과 신뢰를 함께 나눌 누군가의 부재였던 것이다. 그녀는 서울에 올라온 뒤 혼자였다. 가까웠던 친구 율리는 자격지심과 질투 섞인 오해로 인해 멀어졌고 남자친구 영훈과도 소통 없는 만남 끝에 결별했다. 그런 시행착오 끝에서야 그녀는 비로소 옥탑방 셰어하우스 식구들로부터 "삶의 공통점"을 발견한다.

그녀에게 이동은 언제나 현실을 그리고 현재만을 위한 것이었다. 당장 눈앞에 닥친 생계의 문제를 해결하기 위해 미래는 유예되거나 삭제되었다. 그랬던 그녀는 옥탑방에서 언니와 민을 만나 마음을 확인한 후 이렇게 말한다. "미래를 지금 이 순간 불러올 수 있게 되었다"고. 물론 그녀들의 싱가포르 여행이 정말 성사될 수 있을지는 미지수다. 어쩌면 그 여행 계획은 실현되지 않고 '한여름 밤의 꿈'으로 남을지도 모른다. 그럼에도 그 순간 그녀가 비로소 자신의 곁에 불러오게 된 미래라는 시간의 새로운 가능성은 그리 쉽게 사라지지 않을 것이다.

친밀함과 신뢰를 나눌 타인의 부재가 가져오는 상실감과 고독의 풍경은 「스물여섯 개의 돌로 남은 미래」에서도 역력하다. 이 작품은 주인공 '나'가 옛 연인 구가 돌보던 고양이 미래의 장례식장에 찾아가는 장면으로 시작한다. 역 매표소에서 일하던 '나'는 열차 기관사인 구와 사귀었다가 지금은 헤어진 상태. 흥미롭게도 이 작품의 주인공 역시 「사소한 사실들」의 주인공처럼 갑갑한 현실을 벗어나 어디론가 훌쩍 떠나고 싶은 충동에 휩싸인 인물이다. 그녀는 자신이 매표소 직원이 된 이유를 이렇게 설명한다. "기차를 타고 여행 가고 싶어서 매표소 직원이 됐다. 어딘가로 떠나는 사람들에게 목적지를 팔 수 있으니까. 목적지가 있다는 것 자체로 삶이 그리 공허하지는 않을 테니까. 나는 내 삶의 목적지를 가지고 싶었고, 언제든 떠날 수 있는 삶을 살고 싶었다." 하지만 그녀는 결혼을 약속했던 한 남자에게 배신당해 파혼하게 되었고 그로 인해 자신이 꿈꾸었던 삶의 목적지가 허약하고 부서지기 쉬운 것에 불과했음을 깨닫게 된다. 그러다 우연히 길고양이 밥을 주는 구를 만나게 되었고 둘은 짧은 연애 끝에 지금은 헤어진 상태다.

'나'는 고양이 미래를 사이에 두고 구와 함께했던 날들을 이렇게 추억한다. "그 둘을 볼 때마다 나는 종종 회의감에 빠졌다. 나는 소외당하는 것 같았고, 내 존재가 하찮게 느껴졌다." 하지만 이건 그녀가 단지 고양이를 질투했기 때문만은 아니다. 그녀는 전 남자친구로 인해 상실한 타인에 대한 신뢰를 어떻게든 되찾고 싶어 했고, 구를 통해 자신의 온전한 믿음을 회복하고 싶어 했을 따름이다. 하지만 나의 일방적인 기다림 끝에 결국 둘은 결별하게 된다. 고립과 소외의 감각은 「사소한 사실들」에서도 발견되지만 이 작품에 이르러 그 농도가 더욱 짙어진다.

연작소설이 아님에도 두 작품은 미래를 공통분모로 나눠가진 반쪽처럼 서로를 되비춘다. 이 작품에는 어쩔 수 없이 그런 온기를 요구하는 인간의 마음이 배면에 짙게 깔려 있다. 타인에 대한 "믿음과 신뢰를 회복"하고 싶었다거나 "사람과의 정겨운 대화에 굶주려 있었다"는 '나'의 고백은 우리 모두의 마음 한구석에 쉽게 "채워지지 않았던 허기"가 도사리고 있음을 깨닫게 만든다. 그 허기는 「사소한 사실들」의 주인공을 오랫동안 괴롭히던 친밀함에의 욕망과 자연스럽게 맞닿는다. '나'는 작품의 결말에 이르러 미래와 똑같이 생긴 고양이를 입양해야겠다고, 그리고 완행열차밖에 서지 않는 아주 작은 간이역으로 갈 것이라고 다짐한다. 직선으로 진보하는 시간이 아니라 "둥근 원 안에 공간과 시간이 갇혀" 있는 곳에서는 과거와 미래가 여지없이 뒤섞이게 마련이고, 그 순환 속에서 인간은 거듭 좌절하는 미래라는 희망의 형식으로부터 놓여날 수 있기 때문이다.

작가의 말

시간의 강을 건너는 것은 언제나 아련하다.

나는 시골 초등학교 가을운동회 날로 달려간다. 그
곳에서 계주 마지막 주자로 서 있는 소녀를 만난다. 소
녀의 얼굴은 초조한 빛이 역력하다. 상대팀 주자는 한
참이나 앞서 있다. 이대로라면 자신의 팀이 질 게 뻔하
다. 참다못한 소녀는 뒤로 달려가 배턴을 낚아챈다. 배
턴을 꼭 쥐고 전력 질주한다. 응원 소리가 귓가를 울린
다. 소녀가 달리면 달릴수록 소리가 점점 커진다. 온
마음이, 온 우주가, 하물며 상대팀조차도 자신을 응원

하는 것 같다. 조금만 더, 조금만 더, 함성 소리가 점점 더 커진다. 소녀의 마음이 함성 소리와 함께 들썩인다. 소녀의 이름이 운동장을 수놓는다. 순간 소녀는 아주 거대한 힘을 느낀다. 바람이 자신의 등을 떠미는 것 같고, 땅이 자신의 발을 옮겨다주는 것 같다. 소녀는 잡히지 않는 등을 향해, 허공을 향해 발걸음을 쏘아올린다.

늘 그랬다. 소녀는 달리는 일에 진심이었다. 열심히 달리다 보면 앞서가는 사람의 등을 잡을 수 있을 것이라 믿었다. 달리는 순간만큼은 세상 모든 사물이 자신을 응원하고 있다고 믿었다. 하지만 어느 순간 소녀는 알아챘다. 자신의 달리기가 사람들의 마음을 설레게 하지도, 기쁘게 하지도 않는다는 사실을. 바람의 함성도, 땅의 포근함도 자신만의 착각이었다는 사실을. 소녀는 숲속 깊숙이 자신만의 동굴을 만들었다.

나는 소녀의 옆에 눕는다. 소녀가 보고 있는 하늘을 본다.

"괜찮아. 응원 소리가 들리지 않으면 어때? 너는 너

만의 동굴 속에 숨어 있다가 걷고 싶을 때 걸으면 돼. 그곳이 어디든 네가 서 있는 곳이 곧 출발선이고, 너는 어디서든 다시 시작할 수 있어."

다시 출발선 앞에 섰다. 출발선 앞에 서서 숨고르기를 할 때마다 보르헤스를 생각한다. 보르헤스는 30권밖에 팔리지 않은 자신의 책을 회상하며 독자를 상상했다. 30이란 숫자는 상상 가능하지만 그 이상이면 상상이 되지 않는다고. 나는 곧 만나게 될 독자들을 상상하며 조금은 즐거워진다. 그 수가 너무 적어 손을 뻗으면 닿을 수 있으리라. 두 손을 맞잡고 즐거운 대화도 나눌 수 있으리라. 가족처럼, 친구처럼, 오래 교제한 연인처럼 마음을 나눌 수 있으리라.

2022년 11월
박초이

박초이

숭실대학교 대학원에서 문예창작을 전공했다. 2016년 〈문학나무〉 신인문학상에 단편 「경계의 원칙」이 당선되면서 등단했다. 작품으로 소설집 『남주의 남자들』, 장편소설 『보초병이 있는 겨울별장』이 있다.

스물여섯 개의 돌로 남은 미래

초판 1쇄 인쇄 2022년 12월 13일
초판 1쇄 발행 2022년 12월 23일

지은이 박초이

편집 강건모 이희연 정소리 | 디자인 윤종윤 이주영
마케팅 배희주 김선진 | 저작권 박지영 형소진 이영은 김하림
브랜딩 함유지 함근아 김희숙 고보미 박민재 박진희 정승민
제작 강신은 김동욱 임현식 | 제작처 영신사

펴낸곳 (주)교유당 | 펴낸이 신정민
출판등록 2019년 5월 24일 제406-2019-000052호

주소 10881 경기도 파주시 회동길 210
문의전화 031) 955-8891(마케팅) 031) 955-2692(편집) 031) 955-8855(팩스)
전자우편 gyoyudang@munhak.com

인스타그램 @gyoyu_books 트위터 @gyoyu_books 페이스북 @gyoyubooks

ISBN 979-11-92247-66-3 03810

이 책은 경기도, 경기문화재단의 지원을 받아 발간되었습니다.